おしまいのデート

瀬尾まいこ

集英社文庫

目次

おしまいのデート

おしまいのデート

1

今日でこんなふうに会うのは最後だ。そうしようって約束をしたわけじゃないけど、そうなのだ。晴れ晴れした心地もするけど、やっぱり寂しい。

頭の上には、きっぱりと夏を待つ決意をした空が見える。

「夏に入るまでには、受験勉強を本格的にスタートさせないとだめだ」

昨日のホームルームで担任の先生がそんな話をしていた。夏が始まってしまうのだ。忙しくなるんだな。大きく一つため息をついてから、待ち合わせの場所へ急いだ。

家から歩いて二十分ぐらいのところにある公園がいつもの待ち合わせ場所だ。公園と言っても、遊具のない景色がいいだけの広場。市が何千万円もかけて作ったという、手のひらの形をした大きなオブジェが無意味に立っている。そのオブジェも海が近くにあるせいで、まだ新しいのに所々さびてしまっている。公園を一回りしてみる。じいちゃんはまだ来ていない。

昔の人は時間に正確だとよく聞くけど、じいちゃんは必ず遅れてやってくる。何度注意しても、待ち合わせの時間に家を出るという癖が抜けない。恩師にもらったという金の懐中時計を肌身離さず持っているくせに、時間を見るために使われたためしがない。きっとずっと前に動かなくなっているはずだ。じいちゃんが遅れてくることはわかっているのだから、遅れて行けばいいのだけど、私は待ち合わせ時刻の五分前には着いてしまう。

「もしかして待った？」

じいちゃんはちっとも慌てずやってきて、私にソフトクリームを差し出した。じいちゃんはいつも公園の前の店でソフトクリームを買ってきてくれる。

「今日も十分の遅刻だよ、それに……」

私はソフトクリームを受け取ると顔をしかめた。

「そっか。ミックスはだめだったんだっけ」

「毎回言うんだけど……」

「はは、悪い悪い」

じいちゃんはまったく申し訳なさそうではなく、自分の抹茶のソフトクリームを食べながら言った。

「今度は絶対チョコか、バニラ一色にして」

私は言いあきたせりふを口にした。チョコもバニラも好きだけど、ミックスのソフトクリームは食べている途中で白と茶色が混ざるから嫌いなのだ。

「はいはい。でも、一ヶ月経つとまた忘れちゃうんだよねえ。じいちゃんぼけてるから。そんなことより今日はどこに行こうか？」

じいちゃんはそう言うと、どっこいしょとベンチに腰掛けた。

どこに行こうかと言っても、じいちゃんと行く場所は決まっている。海がよく見える岬《みさき》か、ブナが立ち並ぶ山道か、小さな動物園が合体した植物園。その三つのローテーションだ。

「映画見たい」

私はとりあえず希望を述べてみた。少し前にショッピングセンターの中に小さな映画館ができた。見たい映画があるわけではないけれど、中学生にとって映画館はかなり魅力的な場所だ。こういう機会じゃないとめったに行けない。

「映画って二人で？　あんなものわざわざ人と一緒に見るもんじゃないだろう。映画はよっぽど暇な時に一人で見るもんだ。隣に知っている人が座っているのに、黙ってでっかいテレビを見てるなんて時間がもったいない。真っ暗で彗子《すいこ》の顔も見えないし」

「テレビと映画は全然違うよ」

「それぐらい知ってる。アメリカ人が出てるのが映画だろう」

「じゃあ、ショッピングしよう」

私はじいちゃんの間違いを無視して次の提案をした。

「ショッピング?」

「買い物。何か買って」

「無理無理。じいちゃん年金生活だから」

じいちゃんはいつでも年寄りの特権をフルに活用する。

「父さんの給料で買えばいいじゃん。靴が欲しい。スニーカー買って」

私はたいして欲しいわけでもないけど、そう言った。

「かわいい彗子に買ってやりたいのは山々だが、じいちゃんが自由に使えるお金なんてないも同然なのだよ。はる子さんが来てからじいちゃん肩身が狭くってね」

じいちゃんは肩をすくめて見せた。もちろん、思いっきり嘘だ。父さんの再婚相手であるはる子さんは、気の毒なぐらい良い人だ。一度しか会ったことがないけど、じいちゃんの面倒をよく見ているのはちゃんとわかった。わがままなじいちゃんは好き勝手やっている。

「ちぇ。けち」

私は唇をとがらせた。

「そんな夢見がちなことばかり言っとらんと、早いとこ行き先を考えないと時間切れになっちゃうよ」

じいちゃんがソフトクリームのコーンをパリパリほおばりながら言った。頭ははげてるけど、じいちゃんは歯は丈夫だ。

私たちはいつもソフトクリームを食べながら、その日の計画を立てる。冬だろうが、雨が降ってようが、会ったら最初にこのベンチでソフトクリームを食べる。せっかちなじいちゃんは待ち合わせには遅れてくるくせに、無駄な時間を使うのを嫌がる。ソフトクリームを食べ終えるまでに、今日どうするかを決めなくてはいけない。ソフトクリームはすぐに溶けだして、答えを出すことをせかしてくれる。私のミックスはチョコとバニラがすっかり混ざってしまっている。

「じゃあ……、経ケ岬《きようがみさき》？」

私はしかたなく答えを出した。湿ったブナ林より、窮屈そうな動物たちより、今日は海のほうがいい気がした。

「そう言うと思ったよ。蓍子は岬が好きだね。よし、じゃあ、愛車のポルシェR－800でドライブとしゃれ込むか」

じいちゃんはご機嫌に立ち上がった。

もちろん、じいちゃんの車はポルシェじゃない。中古の軽トラだ。車体には「山口酒店」と書いてある。三万円で買ったという超お買い得品らしいけど、こんな車を乗用車にするのはちょっと恥ずかしい。

「どうしてR－800なの？」

私は苦労して、車体の高い助手席に座った。

「高級車にはね、車の名前以外にそういう後付けがあるんだとさ」

じいちゃんは適当なことを言うと、エンジンをかけた。

2

私とじいちゃんは毎月第一土曜に会う。初めは週に一度会っていたけど、私が部活や塾で忙しくなって隔週になり、三年生になってからは月に一回しか会わなくなった。

小学校四年生の時、両親が離婚して私は母さんに引き取られた。それからこうしてじいちゃんと会う機会ができた。もちろん、初めからじいちゃんと会っていたわけじゃなく、最初は父さんと会っていた。

ところが、中学生になってしばらくしたある日、いつもの待ち合わせ場所に行くと父さんではなくじいちゃんが立っていた。

「いやあ……、悪いんだけど、今日からじいちゃんが来ることになった」

じいちゃんは照れくさそうに頭をかいた。

「どうして？」

「ほら、父さん再婚したから」

「それは知ってるけど」

父さんは再婚することを私に告げていたし、小さな田舎町では父さんが水商売の女と再婚するという話は結構なニュースになっていた。

「新しい奥さんになじまないといけないのに、彗子に会ってたらなかなかうまくいかないだろ？」

「そうだろうけど」

その理屈は納得できた。それに、年頃の私にとって父親に会うのは面倒くさくもあった。だから会えなくなることはかまわない。でも、だからといってじいちゃんと会う必要はないように思えた。そう言おうと思ったけど、

「今日からはじいちゃんとデートってことで、まあ、よろしく」

と、じいちゃんに嬉しそうに笑われて、どう断っていいのかわからなくなったのだ。私とじいちゃんは仲が良かったし、七十歳前のじいちゃんにとって私と会うことが、ちょうど良い気分転換になるだろうと思った。


経ヶ岬までは車で二十分ほどかかる。

山を進む道は曲がりくねっていて、じいちゃんの下手な運転も手伝って、いつも吐きそうになる。

「根性の問題。『兄弟船』を歌えば、乗り物酔いなどしないはずだ」

漁師だったじいちゃんはそう言いながら、インチキ英語でビートルズを歌う。

いつも演歌を聞かされるのはたまらなかったから、ビートルズのカセットは私がプレゼントした。

私も外国の歌なんて知らなかったけど、英語の授業で毎回ビートルズを聞かされる

から、耳になじんでしまったのだ。英語の先生は「さあ、みんなでレッツ・シング！」と陽気に言いながら歌う。初めは授業を盛り上げるための子どもだましな手段で好きじゃなかったけど、先生があまりに本気でビートルズを歌うから、だんだん先生のビートルズを聴くのが好きになった。生徒のためにでなく、先生は自分のためにビートルズを歌う。ジョン・レノンのボーカルの時とポール・マッカートニーのボーカルの時では、先生の歌い方が違う。生徒の発音が間違っていようが素知らぬ顔で、一人でご機嫌に細かいコーラス部分まで歌ってしまう。私の英語力はちっとも向上しなかったけど、ビートルズの歌は空《そら》で歌えるようになった。ジョンでもポールでもなく、先生の歌い方で。先生のビートルズはいかしてるけど、じいちゃんのビートルズは演歌と何ら変わりがない。

「あーもう吐くよ」

私は窓を全開にした。

「漁師の娘が情けない」

じいちゃんはそう嘆いたけど、父さんは公務員だ。

私は顔を窓の外に出した。潮をいっぱい含んだ重い風が髪の毛をさらう。もうすぐ海だ。漁師の孫だから、海面が見えなくても風の匂いをかげばどれくらい離れた場所に海があるのかわかる。

3

「地球が丸いっていうのは知ってるか?」

三回目のデートの時、じいちゃんが言った。

「知ってるよ。ガリレオ・ガリレイが提唱したんでしょ?」

じいちゃんの親父だ。じいちゃんはイタリア男より早くから地球の丸さを知っていた。

「ガリレオ・ガリレイはじいちゃんのじいちゃんよりもっとずっと大昔の人よ」

私が教えてあげると、

「そんな昔の人の考えをどうして彗子が知ってるんだ?」

と、じいちゃんはわざとらしく驚いた。

「学校で習うもん」

「なんだ。又聞きの情報か。そいつは不確かだ。よし、実際に見せてやろう。地球が球形だってことを」

じいちゃんはそう言って、私を経ヶ岬に連れてきた。

岬からは、遮《さえぎ》るものがなく、顔を向けるところ全てに海が見えた。どこまでも続く海と水平線を端から端まで見渡すと、不思議と地球が丸いことがわかった。

漁師のじいちゃんより、教科書に載っているガリレオ・ガリレイのほうがたぶんすごい。だけど、海と共に暮らすじいちゃんは、ここの海が何を見せてくれるのか誰よりも知っている。私はその時、じいちゃんをちょっと尊敬した。

「ガリレオ・ガリレイは地球は丸いって言ったけど、誰も信用しなかったんだ。それを確かめるために、ガガーリンは宇宙に飛び出して、コロンブスは無謀な旅に出た。さて、彗子はどうする？　又聞きの情報を信じて、ただうなずいて暮らすのか？」

じいちゃんは岬の景色に感動している私に言った。

「何の話？」

「じいちゃんは、はる子さんは良い人だと思う。彗子も見においで」

父さんの再婚は狭いこの地域ではすぐに噂になった。はる子さんは水商売をしていた人で、父さんはすっかりたらし込まれた。そういう話だった。どうでもいいとは思いつつ、私はやっぱりおもしろくなかった。

初めて経ヶ岬に行った日の帰り、私は父さんと父さんの再婚相手に会った。

軟弱な父さんはばつの悪そうな顔をしていたけど、はる子さんは寛大に私を受け容れてくれた。それは、自分にやましいところがない証拠だ。私は一瞬にして、父さんの再婚が喜ばしく思えた。

「着く！」

岬に着くと、突然景色が開ける。海、海、海。（この瞬間がたまらない。海沿いの町に住んで、小さいころから海なんて毎日いやっていうほど見ているのに、）岬で見る海はしんとしてだだっ広い。

私たちは狭い車内から飛び出して、展望台まで走った。

岬には白亜の灯台がある。明治時代のものらしく、重厚でクラシカルで、この町には不似合いだけれど、素敵だ。灯台の下にはきれいな影ができ、ひんやりして気持ちいい。

「やっぱり地球は丸かった」

じいちゃんがぐるりと海を展望台から見下ろした。

「それを言うなら、やっぱり地球は青かったじゃないの？」

私は展望台の柵につかまって、ずっとずっと遠くまで見た。どでかい海を余裕で見

っても逆さまにな

渡せる展望台。何度見ても水平線まで行くと、くるりってひっくり返って逆さまになってしまうんじゃないかって思ってしまう。

「すいません」

若い男女が声をかけてきた。写真だ。いつも岬に来ると、写真を撮らされる。草履《ぞうり》を履いていているじいちゃんは一目で地元の人間とわかるせいか、よく頼まれる。じいちゃんはカメラを受け取ると、アングルを確かめた。初めはカメラを渡されると「どこを押したらいいのか」と訊いていたじいちゃんだったのに、今ではすっかり手慣れたものだ。

「灯台の上の部分までいれたいから、そこのベンチの上に立って」

じいちゃんはカメラ片手に指図する。

「もう少し、左に寄って。そう、もっと自然な感じで笑って」

ただのじいさんにあれこれ言われて、カップルは戸惑いながらも従った。

この岬を訪れる人は、年齢はまちまちだけど、断然恋人同士が多い。他の場所で見る海と違って、荒々しさやさびれた感じがここにはない。高い展望台から見ると、いつも海は穏やかに見える。この地域は海が見える場所がたくさんあるけど、ここで見るのが一番いい。好きな人と見るのにちょうどいい海だ。

「私たちも写真撮ろうよ」

カップルの撮影を終え、満足げなじいちゃんに声をかけた。

「彗子とじいちゃんとでか？」

「そうだよ」

私はカメラを鞄《かばん》から出して見せた。この間、友達と遊びに行った時に使ったインスタントカメラが鞄の中に入れっぱなしになっていた。

「いやだね。魂が抜ける」

じいちゃんはしかめっ面《つら》をした。

「まさか。そんなの迷信だよ」

「じいちゃんの仲間たちは、みんなカメラに魂を抜かれてあの世に行ってしまったんだよ」

「はいはい」

私はじいちゃんの話を軽く流して、人のよさそうなおばさんに声をかけた。

「まあ、仲の良いお孫さんとおじいちゃんだこと」

おばさんはにこやかに私たちにカメラを向けた。

私は笑顔を作ったけど、じいちゃんは本気で魂が抜けるとでも思っているのか、がちがちのまま写し終わるのを待っていた。

「まったく、じいちゃんを早死にさせようという魂胆だな」

カメラから解放されたじいちゃんは憎まれ口をたたいた。

「ばれた？」

私は写真を振って、写し出されるのを待った。初めてのじいちゃんとのツーショットを早く見たくて、一生懸命パタパタさせた。じいちゃんは文句ばかり言っていたくせに興味津々で写真をのぞき込んだ。

「やっぱり、通りすがりのおばさんには無理があるな」

出来上がった写真にはおばさんの指が大きく写っていた。私たちの顔はピントがずれてぼやけていたし、風景もほとんど写っていなくてどこで撮ったのか不確かな間抜けな写真だった。

「まあいいんじゃない」

写した場所なんてどこでもいい。ピントがずれているのはまずいけど、じいちゃんのこわばった顔がおもしろいからまあ良しとした。

「でかい雲が出てきたな」

じいちゃんが空を見上げた。

「海が落ち着きをなくしてきてる。こりゃ、ひと雨来るかも」

海と山がいっぱいあるから、この辺の天気は変わりやすい。雨が前ぶれなしに降る。朝の天気が一日続いたら、ちょっとした奇跡だ。

4

「最後ぐらい彗子を酔わせないように、慎重に運転するかな」

じいちゃんがハンドルを握った。私は「やっぱり今日で終わりなんだね」って言おうと思ったけど、やめにした。その代わり、

「母さんの再婚も決まりそうだよ」

と、もうしばらく来ないであろう岬を窓から見送りながら報告した。最近、原口さんと実《みのる》は休みの度に我が家に来る。いつ一緒に住み始めてもおかしくない状態だ。

「へえ。ついにあのチビでハゲでデブの男と一緒になることになったのか」

「ハゲでデブなだけで、チビじゃないって」

原口さんが最初家に来た時、私はぎょっとした。母さんに恋人ができたと聞いた時、少し期待もしたけど見事にうち砕かれた。ハゲでデブでしかも子持ちの原口さんは、

魅力の全くない、ただ人のよいことだけが長所のような人だった。まだ三十七歳の母さんはそこそこ美人だし、何もこんな人と結婚しなくてもと思った。

「まあ、ハゲもチビもデブも治せるからいいじゃないか」

じいちゃんが陽気に言った。

「治せるの？」

「毛はえ薬もカツラも、シークレットブーツも、うさんくさいダイエット食品も日本には溢《あふ》れるほどある」

「それって、治せるんじゃなくてごまかしてるだけじゃん」

「おお、中学生ともなると鋭いね」

じいちゃんは笑った。

「だけど、ごまかせる程度のことだったらいいじゃないか。たいして問題はないってこと」

「まあね」

原口さんの容姿が端麗でも、気の重さに変わりはない。母さんの再婚は経済的な面から見ても悪くないし、とりあえず賛成だけど、一気に父親と弟ができるのはヘビーだ。

「母親と二人だけで暮らすのも、他人が参入して暮らすのも、煩《わずら》わしさはそう変わりゃしないさ」

じいちゃんの言うとおりかもしれない。母さんと二人の不自由さと気楽さ。人数が増えた家族の気詰まりと豊かさ。プラスマイナスすると、同じくらいかもしれない。その収支の結果はもっとずっと先にわかることだろうけど。

「どうしてじいちゃんはカツラにしないの？」

私はじいちゃんのほうを見てにやりと笑った。

「まだカツラをかぶるほどハゲてないだろう」

じいちゃんはきれいさっぱり髪の毛がなくなった頭をなでた。

5

待ち合わせた公園まで戻ると、じいちゃんは車を止めた。じいちゃんはいつも思いっきりブレーキを踏むから、つんのめりそうになる。私たちは二人で体勢を整えるとくすくす笑った。

「よし、最後だから、彗子の願い事を一つ叶《かな》えることにしよう」

「最後？」

「そうだ。最後だ。いい頃合いだろ？　彗子の新しい家族もスタートしそうだし、じいちゃんの死期も近づいてるし」

つやつやと血色のいい顔をしたじいちゃんが言った。

「じいちゃんってもうじき死ぬの？」

「カメラに魂も持っていかれたから、もう長くないな」

じいちゃんは笑ったけど、私はあんまり笑えなかった。

「なんか変な心地。どんなことでも終わりは悲しいね」

受験も始まるし、じいちゃんと会う時間を作るのは面倒だったはずだ。でも、次がないのは寂しい。

「しけたことを言ってないで、早く願い事を言ってごらん。じいちゃんがこんな大盤振る舞いするなんてめったにないことだろ」

じいちゃんは景気よく言った。

「願い事ねえ……」

私は首をひねった。

「なんでもいいぞ。空を飛びたい？　海に潜りたい？」

「空にも深海にも行きたくないけど……」

「じゃあ、なんだ。鳥になりたいのか？　魚になりたいのか？」

じいちゃんのほうがわくわくしている。

「それってさっきと同じじゃん。だいたい、じいちゃんに願いを叶えるなんてことできるの？」

「年をとればたいていのことは何だってできるものなのさ。亀の甲より年の功って言うだろ？　まあ、ものは試し。だまされたと思って言ってごらん」

「そう言われても……」

本気で何かに願いをかけていたのは、小学校を卒業するくらいまでだ。願い事と言っても、うまく浮かばない。

「難しいな」

「何か一つくらいあるだろ？」

じいちゃんがせかした。たくさんあるようでちっとも見あたらない。欲しいものはなかったし、したいこともなかった。

「なんにもない」

私は面倒になって考えるのをやめた。

「若いのに夢がないやつだな。じゃあ、とりあえず幸せにしてやろう」

「幸せにするってどうやって？」

「どうするもこうするも、これからの彗子を幸せにしてやるんだよ」

「そんなんじゃ、結局願いが叶ったかどうかわかんないじゃん」

私が指摘するとじいちゃんは眉をひそめた。

「若いのに細かいやつだな」

「ちゃんとじいちゃんが願いを叶えたってわかんないとだめだよ」

「そうだなあ、だったら」

じいちゃんはしばらく考え込んでから、空を指した。

「もうすぐ降りそうだろ、雨」

「うん。確かに」

空はめいっぱい雨を含んだ重々しい雲を敷きつめている。なんとか雨を落とさないようにはしているものの、もう耐えられそうもない。

「彗子が家に帰るまでの間、雨を止めておいてやろう」

じいちゃんはそう言い放った。なるほど。それならじいちゃんの魔法の実力もわかりやすい。ここから家まで二十分。それくらいの間なら、じいちゃんにもなんとか雨を引き止められるかもしれない。

「わかった。もし家まで濡れずに帰れたら、幸せだって思う」

私は承諾した。

「ちゃんとじいちゃんに感謝するのだよ」

じいちゃんは笑った。

「うん。じゃあ、感謝の前払いでこれあげる」

私は鞄から岬で撮った写真を取りだした。

「おお、じいちゃんの魂だ。大事に定期入れに入れておくよ」

「じいちゃん、定期なんて持ってないじゃん」

「年金手帳にはさんでおくってこと」

じいちゃんは写真を車の日よけのポケットに差し込んだ。

「願いが叶わないとかわいそうだから、そろそろ帰るね」

私は車のドアを開けた。いつもは、次の約束を確認するのが最後の作業だったけど、今日は「さよなら」を言うだけでいい。

最後にと、じいちゃんの顔を見た。

「またな」

じいちゃんが言った。

「またな？」

「生きてればどんなことにも次はある」

そりゃそうだ。こうやって会うのが最後なだけで、じいちゃんと私にはこの先いやっていうほど次がある。

じいちゃんはクラクションを三回鳴らした。センチメンタルになって、得することは何もない。じいちゃんの口癖を思い出しながら、私は勢いよく手を振った。

6

公園を出て少しで、さっそく額に水滴がかかった。空を見上げると、頰にも鼻先にも雨が落ちてきた。やっぱり、じいちゃんには願いを叶える力などなかったようだ。雨はもう少しで強く降り出しそうだ。私は足を速めた。

雨が激しくなる速度のほうが私の足よりずっと速い。せめて雨足だけでも弱めてくれたっていいのに。私はじいちゃんを少し恨んだ。「コンビニでビニール傘でも買おうかな」そう思いながら足早に歩いていると、声がした。

「ねえちゃん」

実が真っすぐに走ってくる。実はなんの惑いもなく私のことを「ねえちゃん」と呼ぶ。

「どうしたの？」

実は私の前まで走ってくると、傘を差しかけた。

「雨、降ってきそうだったから、ねえちゃん迎えに来たの」

「ここにいるってよくわかったね」

私は背をかがめて実の小さな傘に入った。

「うん。だって、第一土曜でしょ」

実は当たり前だって顔をした。

「そうだけど、土曜に公園にいるの知ってたの？」

「みんな知ってるよ」

ふうん。新しい家族はそんなにも私のことを知っているのか。私はちょっぴり感心した。

「それより実さ、お迎えだったら傘二本持ってくればいいのに」

「どうして？」

実がきょとんとした。

「だって、実のちっちゃな傘だと二人で入れないでしょ？」

私の頭の上にある傘は、青くてとても小さい。

「入れてるじゃん」

実は傘をくるくる回した。激しくなりだした雨の粒が傘にはじき飛ばされる。

「入れるけど、絶対濡れちゃうよ」

「大丈夫。僕、傘差すのめちゃくちゃうまいんだから」

実はそう言ったけど、すでに私も実も濡れてしまっている。

「そうみたいだね」

私は濡れることを気にするのをやめにした。

まだ私より小さい実は、背伸びして腕を高く掲げて傘を差している。小さい傘に二人で入るのは困難だ。だけど、傘を二本用意する面倒くささに比べれば、たいしたことじゃない。

「この傘で、家まで濡れずに帰れたら幸せだね」

びしょ濡れの私は言った。

「うん。任せて」

実は傘をしっかり持ち直した。雨足はどんどん強くなる。小さい傘に私は時々頭をぶつけながら、実と家に向かった。

ランクアップ丼

1

毎月、二十四日の給料日には必ず玉子丼を食べる。働きはじめて二年近く、ずっと続いている習慣だ。彼女と、ではない。六十二歳のじいさんとだ。

「っていうかさ、たまには違うもん食おうぜ。上《うえ》じい、どうせいつもたいしたもん食ってへんやろ？　栄養偏ってしまうで」

「ええんや。好きなもんを好きなように食って、後はマルチビタミン飲んどいたら、それで大丈夫や」

上じいはそう言うと、玉子丼に向かって、「いただきます」と手を合わせた。

「なんや、マルチビタミンって。そんなんでええわけないわ。上じい、少し痩《や》せたんちゃうか。ましなもん食ってへん証拠や」

「三好《みよし》、小姑みたいに口うるさなったなあ。もうどうせ死ぬんや。まともなもん食ったところでしゃあないやろう」

「よう言うわ。上じいみたいな気ままなじいさんは長生きするんやで。それに、上じい、まだ六十二歳やろ？　後、二十年は生きなあかん」

「それはほんまか？」

上じいは眉をひそめた。しわだらけの顔がよけいにしわしわになる。

「ほんまや。上じいは社会教えとったくせに、無知やなあ。今の日本人の平均寿命は、八十くらいのはずやで」

俺もたいがい物知らずだけど、日本人の平均寿命がどんどん延びていることぐらい知っている。そもそも上じいみたいなのんきな人間は、自分で宣言している以上に長生きする。俺の曾《ひい》ばあちゃんだって、「もうそろそろお迎えがやって来るわ。あんたらの顔見んのもこれで最後になるねえ」と言い出してから、軽く十年は生きている。

「そりゃ、えらい面倒くさい話やなあ。後、二十年もあるんか。気が遠くなるわ」

上じいの発言に笑いながら、俺も玉子丼に手をつけた。玉子が固まりきらずに、とろりとしている。

「そうやで。後、二十年もあるんやから、ええもん食って体力つけとかな。身体がぼろくなると生きとったって、えらいで」

「そやけど、あんまりええもん食ったら三好に悪い」

「別に悪《わる》ないわ。そんな遠慮せんといてや。俺、上じいが思っとるより、給料もらってるんやで」

「ほんまか」

「ほんまや」

上じいがどれくらいの給料を想像しているかは不明だけど、玉子丼はこの店で一番安いメニューだ。いくら食べても、しれている。それに、俺たちが食事を一緒にするのは一ヶ月に一度のことだから、値が張るものを食べたってかまわない。それなのに、上じいは必ず玉子丼を頼む。

「三好がそんな金持ちだとは知らなんだな。まあ、そうかといって、ええもん食ったら、その分早く貸しが返されてしまうしな。それはおもろない」

「そんなこと気にせんでええやん」

「そりゃあかん。教え子に借りを作るのは格好悪い」

上じいは頑固に言うと、玉子丼を口いっぱいにほおばった。俺も同じように大口で玉子丼を食べる。しんなりした長ネギにとろりと味の濃い玉子。ご飯の一粒一粒にちゃんとつゆが絡んでいるのに、べっとりしていない。ここの玉子丼は、いつも甘辛くておいしい。たまに他のものを頼みたいとも思うけど、こうやって口にすると、玉子丼を食べて正解だと毎回思う。

2

俺が初めて上じいと玉子丼を食べたのは、高校三年生の時だ。

俺の家は、生まれながらにして母子家庭だった。父親がいないのは、慣れさえすればどうでもいいことだけど、困るのはもっと実質的なことだ。

父親がいないとなると、経済的に不自由になる。ということは、母さんはバリバリ働かないといけない。それに、亭主がいないとなると、自由もある。ということは、母さんはいい年をして恋愛もばんばんする。

仕事も恋愛もしまくる母さんの下《もと》、必然的に俺は一人になることが多かった。小学生のころは、母さんの実家のばあちゃんが様子を見に来てくれることもあったけど、中学生になり、高校生にもなると、一人でたいていのことができるようになってくるし、子どもの時みたいにかわいげもないから、ほうっておかれることが多くなった。当然のことだけど、これは結構厳しい。

一番困るのは、なんといっても食事だ。洗濯や掃除はためておいても、さほど支障はない。汚い服を着ようが汚い部屋にいようが生死に関わらないし、母さんが休みの時にまとめてやってくれる。でも、食事はまとめてというわけにはいかない。一気に食べて小出しにエネルギーに変えるといった器用な芸風を、俺の胃袋は持ち合わせていない。それなのに、俺には食事を作る能力がまるでなかった。小さいころから、母親が料理をする姿をあまり見たことがなかったせいか、恥ずかしながら米のたき方もおぼろげにしかわからなかった。

今の世の中、自炊しなくても食べ物はなんでも売っている。最初は母さんがくれるお金で、ハンバーガーやカップラーメンを買って食べた。だけど、そういう類《たぐい》のものは必ず飽きてくる。洋食であろうが和食であろうが、出来合いのものはなんとなく味が似ている。味付けはものによって様々だけど、どれもわずかにピントがずれていて、そのずれ具合が同じなのだ。

ジャンクフードに飽きてきたからといって、何かを作れるわけでもなかった。料理を覚えようという殊勝な考えは、そのころの俺にはなかった。そうなると、食べること自体が面倒になってしまう。

朝食はぎりぎりまで寝ているから、食べない。昼飯は購買部のパン。夕飯は食べたり食べなかったり。高校生の時の俺の食生活はおそろしく乱れていた。

そんな高校三年生の夏の日、二組の山根とけんかをした。くだらないことをぐちぐち言うやつで、理由は忘れたけど、むかついたから顔面を殴ったら、鼻血が噴き出てしまった。山根が必要以上に大騒ぎしたおかげで、俺は放課後、担任の本田にしこたま怒られるはめになった。

本田は四十代半ばの数学教師で、几帳面で周りをつくろうことばかり一生懸命なやつで、もともと俺とそりが合わなかった。長い本田の説教のせいで、とっぷり日も暮れてから生徒指導室を出ると、二組の担任である上じいが立っていた。今度は山根の担任に文句を言われるのかと、うんざりした顔を向けると、上じいは意外なことに、

「飯を食おう」と誘ってきた。

「なんで、俺が隣のクラスの担任と飯食わなあかんねん」

と、俺は断った。

それまで上じいと接点はなかった。授業は教えてもらってはいたけど、担任になったこともないし、クラブの顧問でもなかったから、話をしたこともなかった。

ところが上じいは、

「まあ、三好。そう言うなって」

と言いながら、俺を無理やり学校近くのうどん屋に連れて行った。

上じいは定年間近の社会の教師だった。もちろん、上じいというのはあだ名で、本当の名前は上田だ。だけど、頭はきれいに白くなっていて、痩せてよぼよぼしていて、年寄りしか着ないようなえんじ色のカーディガンを着て、気の抜けたようにしゃべり、のらりくらりと動き、とにかく上じいというあだ名がぴったりだった。

上じいに連れて行かれたうどん屋は、カウンター席と三つのテーブル席しかない小さな古びた店で、俺たち以外に客はいなかった。店の主人は人のよさそうなおじさんで、にこにこしながら鍋に向かっていた。

「まあ、食え。お前がけんかするのは、いらいらしとるからやろ？　いらいらすんのは、腹減っとるからや」

上じいは勝手に決めつけて、俺を座らせると、

「玉子丼二つ」

と、注文した。

「俺、玉子丼なんか全然好きちゃうのに、勝手に決めんなや」

反抗的だった俺はそう言ったけど、本当は店の中の甘いだしのにおいに急速に腹が

減って、何でもいいから早く食べたかった。上じいも、

「なんや、お前、人におごってもらうのに、ええもん食おうとするつもりか。ごちそうしてもらう時は、一番安いもん食うのが礼儀と決まっとるんや」

と言って、俺の言い分なんて聞いてくれなかった。

玉子丼はすぐに運ばれてきた。甘辛い、いいにおいがする。半熟の玉子がつやつやして見るからにおいしそうだ。

俺がさっそく箸をつけようとすると、上じいに、

「食う前には、いただきますと言え。作った人に失礼や」

と頭をはたかれた。なんなんだよ。と言いたかったけど、何より早く食べたかった俺は、素直に「いただきます」と手を合わせた。一人で飯を食べる時に、「いただきます」なんて言うことは、まずない。手を合わせるなんて、小学校の給食以来でなんだか照れくさかった。

玉子丼はにおいのとおりにおいしかった。長ネギも玉子もとろりとやわらかく、玉子と甘いだしが絡んだご飯はふっくらしていた。しばらく米粒を食べていなかった俺は、やっぱ日本人は米を食べないとなあと、つくづく思った。

「ここの店はうどんはまずいけど、丼はうまいんや」

上じいは作っている人に失礼なことを、でかい声で言った。店の主人はそれでもにこにこ笑っていた。白い割烹着《かつぽうぎ》がよく似合う、優しそうなおじさんだ。きちんと頭に白い帽子が載せられていて、清潔感がある。この人が作ってくれたんだなと思うと、玉子丼はますますおいしく感じられた。

「三好は食べっぷりがええな」

「そうか」

「そうや。食べっぷりのええやつは、人に好かれるからな。ええこっちゃ」

上じいは俺の食べる様子を満足そうに見ながら、自分も大口を開けて玉子丼を食べた。

俺は玉子丼をきれいに平らげた。本当に一粒残さず、食べきった。久しぶりにちゃんとしたもん食ったなと思った。

ハンバーガーやカップラーメンだってまずいわけじゃないけど、それとは全然違う。作った主人がそばにいて、目の前に同じものを食べている人がいる。適当に食べるものとは、味が格段に違った。

「あれ？」

店を出た俺は首をかしげた。

「なんや」

上じいは店の主人に「また来るわ」と挨拶をしてから、がらがらと扉を閉めた。夏の高い空には、半月がぼんやりと浮かんでいた。玉子丼で温まった身体のせいで、なおさら蒸し暑い。

「上じい、なんも話、してへんやん」

「話？　なんやわしに話があったんか」

「話があったんかって、山根を殴ったことで、なんか言うために、俺に飯食わせたんちゃうん？」

「そや」

「そやって、上じい、まだなんも言うてへんやん」

「飯食わせたから、それでええんや」

上じいはそう言うと、「ほな、三好。また明日な」と片手をあげて、俺に背を向けた。

その日以来、俺はちょくちょく上じいと食事をした。俺が悪さをして生徒指導室なんかに呼び出されると、上じいが間延びした調子で、

「なんや、三好。またやったのか。どうや、飯でも食おうか」

と誘ってきた。毎日空腹だった俺は、ほいほいと上じいについていった。

といっても、俺はなんちゃって不良で、そんなにワルではなかった。深夜になることも多いけど家にもちゃんと帰るし、学校も三日サボるとちょっと心配になったりした。授業中は寝ているか漫画を読んでいるかだけど、試験前には友達にノートを借りて写したりもした。不良ぶっているだけで、たいしたことのないやつなのだ。だから、そんなに心配されなくても大丈夫なのだが、けんかをしたり、学校ふけたり、カンニングしたり、万引きしたりすると、上じいが、

「まあ、三好。玉子丼でも食って、腹膨らまそうか」

と誘ってくるのだった。

だからといって、食事中に上じいは説教じみたことや、ややこしいことを言うことはなかった。万引きをした時は殴られたけど、後は上じいはなんとも思っていないみたいだった。けんかしようがカンニングしようが、気にもとめていなかった。ただ、「三好は食べっぷりがええ」と言って、俺の食べる姿を見ていた。

「利害があっとる」

ある時、上じいは言った。

「三好も一人やけど、俺も天涯孤独や。たまにこうして、飯食ったらええ」

上じぃは早くに奥さんを亡くしていて、娘さんも息子さんも独り立ちして、遠くに行ってしまっているらしかった。

「天丼二つ」

二月も終わりかけの寒い日、上じぃはいつものうどん屋で大きな声で誇らしげに注文をした。

「なんや、今日は玉子丼ちゃうの？」

俺は上じぃの顔を見た。いったいどういう風の吹き回しだろう。上じぃがおごってくれるのは、この店で一番安い玉子丼と決まっていた。

「そうや。今日は奮発して天丼や。最後の晩餐《ばんさん》やからな」

「最後の晩餐？」

「そや。もう、三好、就職が決まったんやろう？」

俺は大型スーパーから内定の通知をもらっていた。卒業間際になってようやく進路が確定したのだ。

「それはそうやけど、上じぃ、もうごちそうしてくれへんのか？」

「当たり前や。就職決まったのに、なんでわしがごちそうせなあかんねん。まさか、三好はまだちゃらちゃらするつもりなんか？」

「そんなつもりはない。俺かって、まともになるわ。そやけど、悪さしんと夕飯にありつけへんってことか？」

「そうや。まともなやつにごちそうしとったら、生徒みんなにごちそうせなあかんことになるやないか。そんなんしとったら、わしの貯金がなくなるわ」

上じいはそう言いながら、運ばれてきた天丼に目を輝かせた。

「すごいなあ。見てみろ三好。海老《えび》が載ってるぞ」

「ああ、そうやな」

「そうやなって、しけた面《つら》すんな」

上じいは手を合わせると、すぐに海老を口に入れた。

「なんや寂しいな」

俺は天丼を前にして、ぼそりと言った。

「寂しいってか。三好は案外センチメンタルなんやな」

「なんやねん。上じいかって、俺と一緒に飯食えへんようになるの寂しいやろ」

俺がそう言うと、上じいは「あほ言え」と笑った。

「どうせ、もうすぐ三好、卒業やないか。わしとも高校とも、おさらばや」

「そやけど……」

「ぐずぐず言うとらんと、はよ食べな。天ぷらがまずなるで。せっかく揚げたてやのに。こんなごちそうめったに食べられへんやろ。よう味わって食べや」

天丼は玉子丼より数段豪華だった。でも、俺はなんだか胸が詰まって、味なんかさっぱりわからなかった。卒業よりも、もうこの店で玉子丼を食べられないことが寂しかった。

だけど、最後の晩餐の三ヶ月後、俺と上じいはまたこの店で玉子丼を食べることになる。


仕事について、二回目の給料日。給料を何に使おうかと考えて、すぐに俺の頭に浮かんだのが、玉子丼だ。

一回目の給料は、新しく借りたアパートの敷金や生活用品にあっけなく消えてしまい、ほとんどお金が残らなかった。二回目の給料にしてようやく、使い道を考える余裕ができたのだ。

俺は就職が決まってから、家を出て一人暮らしをはじめた。働きはじめて二ヶ月。

職場には同年代の人間もいるし、一緒にご飯を食べるくらいの仲間も何人かいた。

でも、俺の働いたお金で、ご飯を一緒に食べたい。そう思って、頭に浮かぶのは上じいだけだった。

いつものうどん屋で待ってる、と電話で告げたら、上じいはご機嫌にやってきた。

定年退職した上じいは少し痩せて、上じいというあだ名がさらにはまっていた。

「なんや、三好。お前がごちそうしてくれんのか」

上じいはそう言うと、嬉しそうに「玉子丼二つ」と注文した。

「なんか、照れるな」

俺は目の前の上じいの姿に、わずかに赤くなった。

「ついこないだ、これが最後の晩餐やなって、三好しくしくしとったくせになあ」

上じいは俺をからかいながら、おいしそうに玉子丼を食べた。

それ以来、俺の給料日イコール上じいと玉子丼を食べる日、となったのだ。

3

「仕事はうまくいっとるか？」

上じいは毎月同じ質問をする。同じ玉子丼に、同じ質問。社会人になってもうすぐ二年経つというのに、上じいは就職したての時と同じように訊いてくる。

「いっとるいっとる」

「ほんまか」

「ほんまや。そや、俺、今月からチーフになったんやで」

「チーフ？　なんやそれ」

マルチビタミンは知ってるくせに、上じいはチーフという言葉は知らないようで、首をかしげた。

「ちょっとえらなったってこと。教師の世界で言うたら、生徒指導主任とか、教務主任とかその辺りになるんちゃうかな。一応、俺は青果売り場の主任って感じなんや」

「なんや。そりゃ、すごいやないか。わしは万年平教師やったなあ。ってことは、三好はわしより、出世しとるってわけか」

上じいは感心したというように目を細めた。その顔に、俺もちょっと誇らしい気持ちになる。

「まあ、そういうことやな」

「そうか。やっぱり三好は人に好かれるからな」

上じいが嬉しそうに言った。

俺がスーパーで働くことに決めたのは、上じいのアドバイスからだった。

就職先を決める時、高校生だった俺は、人付き合いも下手だし物腰も良くない、だから、自動車修理業とか運送の仕事とか、自分の腕だけで勝負できる仕事を探した。一人でこつこつできる仕事。それが性《しよう》に合っていると思っていた。

でも、上じいは、

「三好はそういうのは向いてへん。お前は人が集まる場所で働かなあかん」

と言った。

当時の俺には、そんなことまったく信用できなかった。友達も少なかったし、教師にもどちらかと言うと嫌われていた。あまり人受けするタイプではなかった。

「三好は人と接してな、絶対あかんようになる」

たいていのことは、「それでええ」とか「思うようにやったらええ」と流してしまう上じいが、この時ばかりはきっぱりと断言した。上じい以外に、俺にアドバイスするような大人は周りにいなかったし、上じいがあまりに強い口調で言うので、まあそんなもんなのかなあと、俺はスーパーでの仕事に就いた。

だけど、働きはじめてすぐ仕事にうんざりした。

青果売り場に配属された俺は、品出しや商品の陳列はすぐにマスターできた。ところが、接客はなかなかうまくいかなかった。サービスカウンターにいるわけでもないのに、客に質問されたり、文句を言われたりする。そのたびに俺は戸惑った。嫌な客も多かった。店員という自覚を持って、きちんと応対しているつもりだったけど、上司には、「三好の口の利《き》き方は悪い」「お前は客をなんと思ってるんや」と度々怒られた。でも、半年が経ち、一年が経ち、俺は少しずつこの仕事にはまっていった。

すごくたまにだけど、客に「ありがとう」と言われたりする。「こないだ兄ちゃんが言ったとおり、きのこ炒めて食べたらおいしかったわ」などと、感謝されたりする。そのたびに、おおげさだけど、俺は胸がじーんとしてしまうのだった。お客さんの嬉しそうな顔を見る。たったそれだけのことで、俺はこの仕事をやっててよかったと思えた。

「俺のこと、人に好かれるなんて言うてくれるんは、日本広しといえども、上じいだけやけどな」

「そうやろうなあ。そやけど、日本は三好の思っとるほど広くもないし、それに、もうぼけとるで、わしの言うこともあてにならんで」

「なんやそれ」

俺は笑いながら、玉子丼に添えられた白菜の漬物を口に入れた。

玉子丼は毎回一緒だけど、おまけに付いてくる漬物は季節によって違う。この間はきゅうりの漬物やったのになあ。そう思うと、月日が経っていることがわかる。もう秋がやってきているのだ。

「相変わらず三好は早食いやな。ほれ、わしのも食ってくれ」

俺はすっかり平らげてしまったけど、上じいはまだ玉子丼が半分残っている。上じいは俺のほうに、自分の白菜の漬物の器《うつわ》をよこした。

「なんや、自分で食べえな。ゆずの香りがしてうまいのに」

「ゆず？」

「まさか上じい、じいさんのくせにゆずも知らんのか」

「知っとるわ。わしん家《ち》の庭にゆずの木があるわな。三好がゆずなんて知っとることに、仰天しとるんや」

上じいは失礼なことを言うけど、そのとおりだ。

「そういえば、俺、ゆずなんか知らんかったな」

「そうやろう」

「そうや、スーパーで働きはじめて、野菜の名前がわかるようになったんやわ。昔はレタスとキャベツの違いもわからへんかったのになあ」

働きはじめて知ったことは、いくつもある。別に誰かに直接教えられたわけじゃないのに、野菜の種類、調理法、保存法、包丁の使い方、挨拶の仕方、お金の計算、敬語の使い方などなど。いろんなことが少しずつ、俺の中に染み付いていった。うっとうしいことも多いけど、やっぱり人の集まる場所で働くのはいい。

「上じいのアドバイスどおり、スーパーで働いてよかったんかもしれんな」

「まあな。さすが三好チーフやな。ゆずを知っとるなんて野菜マニアや」

上じいは俺をからかった。上じいは年寄りのくせにしんみりする空気が苦手で、すぐに茶化したがる。

「そや。チーフやから、ゆずぐらい知っとかなあかん」

「そりゃええ心構えや。三好、チーフになったってことは、給料もあがるやろう。よし、あと二回は安心して、ただで飯が食えるな」

ようやく玉子丼を食べ終えた上じいは、お茶をゆっくり飲みながら言った。

「なんであと二回なんや?」

「わしが三好に玉子丼おごったのって、二十一回やろう？　そやからあと二回で、三好の長く苦しい借金生活も終わりや」

「二十一回って、上じい、いちいちそんなん数えてたんかいな」

「そうや。これでも働いてたころは家計簿つけとったんやで。『三好と玉子丼』という記載が二十一回あるんや」

　早くに奥さんを亡くした上じいは、そんなことをしていたのか。なんか哀愁がただよってるなと俺は苦笑してしまった。

「上じいって、案外細かいねんなあ。ってことは、俺と上じいって、ここの玉子丼を四十回食っとるってことか」

「そうやなあ。三好が玉子アレルギーやなくてよかったわ」

「アレルギーにはならんけど、そのうち、鶏になってしまいそうや」

　上じいは、「そんなあほなことあるか」と笑って、

「でも、そんだけ長い間同じ味を提供してくれるおじさんはすごいなあ」

　と店の主人に向かって言った。主人は穏やかな笑顔を見せながら、ぺこりと頭を下げた。いつも同じ白い割烹着に帽子を身につけているから気づきにくいけど、主人だってわずかに年老いている。

上じいが本当のじいさんになって、高校生だった俺が社会人になっている。ごちそうするのが上じいから俺になって、悪さをしなくても玉子丼を一緒に食べるようになった。変わってないのは、玉子丼の味だけだ。この先もずっと、こうやって同じ味の玉子丼を食べられたらいい。

「借りとか面倒くさいこと言わんでも、いつまでも一緒に食ったらええやんか」

「ええことないわ。教え子に借りを作るわけにはいかん。わしがおごった分、三好が返したら、こんな食事も取りやめや」

「そんなこと気にせんでええのに」

「そやけど、三好。お前かって、この先結婚もして、子どもかって生まれる日がいつか来るやろう？　それでも毎月、よそのじいさんと給料日に外食しとったら、奥さんや子どもに、ホモちゃうんかいなと疑われるで」

「おかしなこと言わんといて」

俺は顔をしかめながら、笑った。

「まあ、どんなもんでも潮時はあるわな」

上じいは笑いながらもしみじみと言うと、またゆっくりとお茶を飲んだ。

4

当たり前だけど、十二月にも二十四日はある。それでもって、十二月二十四日はクリスマスイブだ。ということは、玉子丼デイとイブが重なってしまう。

「何それ？」

思ったとおり、亜紀子は顔をしかめた。

「そやから、今日は給料日やん、ってことは、玉子丼食べなあかんねん」

「ちょっと待ってよ。私だって、一緒に過ごそうと思って、今日のためにいろいろ計画練っとったのに」

亜紀子とは付き合い始めて二年近くになる。毎月、上じいと玉子丼を食べることは、亜紀子も知っている。俺にそういう相手がいることを、いいことだと言ってくれている。でも、さすがにクリスマスイブに自分とではなく、上じいと食事をすることには不満なようだ。

去年のクリスマスイブはすんなりＯＫしてくれたのに、今年はなかなか譲ってくれない。きっと去年よりお互いに対する気持ちが強くなっているからで、喜ばしいことなんだけど、説得するのは大変だった。

「デートすんのは明日でええやん。明日かって、クリスマスなんやろう？　っていうか、明日こそクリスマス本番やん」

「明日じゃあかんわ。クリスマスはイブにするもんなんやって」

「そんなこと、誰が決めてん」

「知らんけど、そうなんやもん」

亜紀子のしかめっ面を見ながら、俺は上じいのことを想像した。

玉子丼を食べるのを二十五日にのばしたって、上じいは何も言わないだろう。今月なしにしたって、気にもしないはずだ。けれど、毎月、二十四日に上じいはうどん屋で待っている。いつもの席で俺が来るのを待っている。給料をもらったらすぐに玉子丼を上じいと食べる。それを崩すのは嫌だった。

「そうか。日本にもクリスマス制度ってもんがあったんやなあ」

俺が亜紀子との一件を話すと、上じいはいつものののんきな調子で言った。

うどん屋の中は驚くくらいクリスマスの雰囲気がなかった。ツリーもなければ、クリスマスソングも流れていない。町中うんざりするくらいクリスマスで溢れているというのに、無関係な場所があることは不思議な感じがする。

「女の子はクリスマスとか、バレンタインとかが好きやで、もう大変や。しかも、なんや知らんけど、クリスマスはイブに祝わなあかんらしい。もうわけわからんわ」

「そりゃ、キリストさんもびっくりしはんなあ」

「ほんまやで。明日、亜紀子の機嫌を直さなあかんと思ったら、気ぃ重いわ」

なんとか言いくるめたものの、亜紀子は最後まで腑《ふ》に落ちない顔をしていた。亜紀子は一度膨れると、なかなかやっかいなやつだ。今まで何度かけんかをしたけど、仲直りする時には随分パワーを使った。それなのに、俺は上じいとの玉子丼を選んだ。彼女じゃなく、六十過ぎのじいさんをだ。

「三好の好きな子や。ええ子なんやろう。きっと、うまくいくわな」

「そうやな」

「かわいいんやろう?」

「まあ、小さくてようしゃべるけど、かわいいんはかわいい」

俺はちょっと赤くなりながら言った。上じいも「そりゃええな」と、にこにこしている。

「実はさ、俺、結婚しようと思ってるんや」

「結婚か」

「そや。まだ少し早いかもしれんけど、来月で俺、二十歳《はたち》になるしな。仕事も何とか慣れてきたし」

仕事に就いてもうすぐ二年になる。チーフになって収入も安定したし、この仕事を一生続けていく自信もついた。

「ほう。三好が結婚か」

上じいは目を細めた。嬉しい時や感心した時、上じいは目がなくなるくらいに細くなる。

「うまくいくかどうかわからんけどな」

「大丈夫や。三好が好きになった子と二人一緒やったら、間違いないやろう」

「ほんまかな」

「ほんまや」

上じいはしっかりとうなずいた。俺も大丈夫な気がしてくる。

「二十歳になって、結婚もして、三好もとうとう一人前になりつつあるんやな」

「まだまだやけどな。そうや、でかいことはできんかもしれんけど、結婚式には上じいも来てくれよ」

「結婚式？」

「そや。招待状出すしな」

「それは行けけん」

喜んでくれると思ったのに、上じいはあっさりと首を横に振った。

「なんでやねん」

「そんなもん、いちいち教え子の結婚式に行っとったら、身体がいくつあってもたらん」

「なんやそれ」

「教え子はごまんといるのに、三好の結婚式だけ行くのはえこひいきになるやろ。まあ、ええがな。わしはひそかに三好の幸せを祈ってるから」

一緒に玉子丼を食べるのはよくて、結婚式に出席するのがひいきだなんて、上じいの理屈は相変わらずよくわからない。でも、出席しないと言うのなら、しないのだ。上じいは意外と頑固だ。

「まあええわ。だけど落ち着いたら、亜紀子にも会ってくれな」

「わかったわかった」

上じいはそう言うと、ぼそぼそと玉子丼を口に入れた。

上じいは心なしか、また痩せたように見える。玉子丼の食べっぷりも昔ほどよくない。二年前は俺と同じように大口を開けてほおばっていたのに、今は半分食べるともう満腹というように、苦しそうにご飯を口に運ぶようになった。

「上じい、だんだん食が細くなるなあ」

「そりゃ年やからや。じいさんになったら、あんま食われへんようになるんや。三好かって、こうなるわ。今のうちにうまいもん食いまくっとかな後悔するで」

「そんな、上じいはまだ年寄りちゃうって言うとるやろ」

「そんなこと言うんは、日本広しといえども、三好だけやな」

俺は上じいと一緒にその言葉に笑いながら、上じいの日常を考えてみた。

奥さんに先立たれ、子どもたちにも独立されてしまった上じいの生活。いったいどんなふうなのだろうか。退職して、たった一人でどんなふうに毎日を過ごしているのだろうか。高校生のころの俺が食生活をおざなりにしていたように、一人だといい加減なものばかり食べているのではないだろうか。上じいの今の弱々しい姿からすると、それも十分考えられる。

「どうでもええけど、しっかりまともなもん食わなあかんで」

「なんや、三好。結婚するとなったら、突然偉そうなこと言うようになったな」

上じいは笑った。

「当たり前や。食べることは基本や」

「そないなこと、三好に言われんでもわかっとるわ」

「そやったらええけど」

俺は玉子丼を上じいと食べるようになって、一人の時もましなものを食べるようになった。キャベツしか入っていない焼きそばを炒めたり、ぐちゃぐちゃの卵を焼いたりする程度のことだけど、何かをおなかに入れようと思うようになった。上じいにとっても俺との玉子丼が、一人暮らしの中でちゃんと食べるきっかけになってくれたらいいのだけど。

「俺が結婚しても、子ども生まれても、みんなにホモやって言われても、借りや貸しやとか面倒なこと言わんと、こうやって一緒に玉子丼食おうな」

俺がそう言うと、

「ああ、そやな」

と、上じいは今日は素直にうなずいた。

5

今日は玉子丼じゃなくて天丼だ。新年になったからではない。

俺が玉子丼をごちそうになったのは、上じいの計算によると二十一回。ということは、今日で完全に借りを返すことになる。だから、あの時のように、今日は上じいと二人でこの店の天丼を食べるのだ。

最後の晩餐ではない。

これからはどっちがおごるとか、決まりだからとかじゃなく、対等に好きなものを食べたらいい。もうすぐ結婚もするし二十歳にもなった。俺は完全に大人になれる気がした。

店に入ると、いつも先に来て待っている上じいの姿はなかった。時間には几帳面な上じいがめずらしいな。そう思いながら、俺はいつもの席に座って上じいが来るのを待った。たかが天丼を食べるだけなのに、少し緊張した俺は、財布の中身を何回も確認してしまった。

「なんや三好が天丼おごってくれるんか。そりゃえらいこっちゃやな」とふざけながらも嬉しそうに言うであろう、上じぃの顔が目に浮かぶ。上じぃは海老が好きだ。きっと、目を細めながら天ぷらをおいしそうに食べるはずだ。たまには天丼でも食べて、うんと栄養をつけてもらわないといけない。これからは玉子丼だけじゃなくて、二人でうまいものをいっぱい食べよう。俺はあれこれ考えてはそわそわした。

ところが、いつまで経っても上じぃの姿は見えない。待ち合わせの時間から三十分近く経つのに、店の中はしんとしたままだ。上じぃのことだ。一回早く切り上げようと勝手に決めて、もう来ないつもりでいるのかもしれない。気ままな上じぃなら、それもありうる。俺はなんだか不安になってきた。このまま他に客のいないうどん屋の中で、じっと待っているのも居心地が悪い。連絡をとったほうがいいだろうか。そう考えていると、店の扉を開けて、一人のおばさんが入ってきた。

「すみません。えっと、三好君？」

三十過ぎくらいのおばさんはまっすぐに俺のほうに歩いてきた。目鼻立ちははっきりしているけど、顔も身体もふくよかなせいでゆったりしている。まったく見覚えのない人だ。

「はあ、そうですけど」

「えっと、私、上田の娘です」

「へ？」

「上田嘉久《よしひさ》の娘です」

「上田嘉久？」

「津山高校で教師をしていた上田嘉久の娘の上田あかりです」

「ああ、えっと、こんばんは」

そこまで聞いて、ようやく目の前の人が上じいの娘だとわかった俺は、立ち上がって頭を下げた。上じいは天涯孤独だと言っていたから、娘さんがここにいるということにぴんと来なかったのだ。

「あなたって、その、玉子丼ごちそうしてくれはる人でしょう？」

上じいの娘さんは俺に向かって言った。玉子丼ごちそうしてくれはる人。えらいネーミングやと思いながらも、俺はうなずいた。

「まあそうですけど。えっと、上田先生は？」

「それがね、父は、今月の頭に死んだのよ」

娘さんはさらりと言った。上じいと一緒で、話し言葉に抑揚があまりない。娘さんがあまりにあっさりと言うから、理解するまでに時間がかかったけど、事実がはっきりとわかった俺は腰を抜かしそうになった。

「死んだって!?」

「今月の三日にね、死んじゃったのよ。正月早々」

「ほんまですか?」

「ほんまよ、こんなこと嘘つくわけないでしょう」

「まさか、上じいが……。いったい、どうしてですか?」

「病気よ」

「病気って……」

「癌《がん》だったの。まあ、これはばっかりはどうしようもないわね」

娘さんはすごい事実を淡々と話す。上じいが死んで二十日以上経っているから、平然としていられるのかもしれないけど、俺は衝撃的な事実に心臓がどきどきして、喉《のど》がからからになって、寒さのせいもあるけど身体がひんやりした。上じいが痩せていたのが、病気のせいだったなんて思いもしなかった。

「あの上じいが、病気やったなんて」

「去年の夏ぐらいから入院してたんよ。ほら、そこの大橋病院に」

「そんな入院なんて……。あれ、でも、俺、毎月会っとったんですけど」

俺にはまだ上じいが死んだという事実が理解できなかった。つい一ヶ月前にはここで一緒に玉子丼を食べていたのだ。上じいは俺の目の前で、にこにこ笑いながら座っていたのだ。入院していたなんて信じられるわけがない。

「知ってるわよ。毎月下旬になると、いそいそとおしゃれして、病院抜け出して夕飯食べに出とったもの」

「病院抜け出して？」

「そうよ。止めたって聞かへん人やからあきらめとったけど、普段ましに食べられへん人が、わざわざ外に食事に出ていくねんもん。おかしな話よね」

娘さんは肩をすくめて少し笑った。

「はあ……」

知らなかった。そんなことまるで知らなかった。上じいは確かに瘦せてはいた。でも、上じいは元気だった。俺と一緒にいつも嬉しそうに玉子丼を食べていた。俺の話を楽しそうにいつも聞いてくれていた。まさか、病院を抜け出してきていたなんて、そんなこと微塵《みじん》も感じられなかった。

「すみません」

知らなかったとはいえ、俺は自分がとんでもないことをしていたことにぞっとした。

「何が？」

「何がって、俺、ほんま知らなくて。上田先生が病気やったなんて、入院してたなんて、何も知らなかったから。毎月、こんなとこに呼びつけてたやなんて、ほんますみません」

「なんも謝ることないよ。あなたのおかげで、父さん、長生きしたんやもの」

「おかげ？」

「そう。やつに借りを返させるまでは、玉子丼を食わないといけない。まだ死なないって、必死で生きてたわ。毎月玉子丼を食べるために、薬飲んでるようなもんだったもん。なんのこっちゃよね。……それより、食べましょうよ。父の代わりに私にごちそうしてちょうだいよ、玉子丼」

　娘さんは俺が座っていたテーブル席に腰を下ろした。

「もう八時前やない。三好君もおなかすいたでしょう？」

　娘さんは呆然としている俺に、座るように促した。もちろん、ついさっきまで俺は空腹だった。上じいと天丼を食べるところを想像して、おなかはぐうぐう鳴っていた。でも、今は食欲なんてこれっぽっちもなくなっていた。

「さあさあ、はよ食べましょう。悲しい時は食べんとあかん」

「そやけど……」

「そやけどって、今、このまま家に帰ったら、三好君、悲しくてのたれ死んじゃうでしょう？　私かって、悲しい事実を告げたから、エネルギーを消耗して空腹で倒れそうやもの。さあ」

俺はとりあえず娘さんの前に座った。

「父が死にそうになりながらも、かかさず食べていた玉子丼とやらを、娘としてはぜひ食べとかんとあかんわ。決死の玉子丼をね」

娘さんは上じいとよく似ている。自分のペースで冗談交じりに物事を進めてしまう。娘さんが話すのを聞いていたら、俺はだんだん本当に上じいが死んだなあとわかってしまった。この人は上じいによく似ている。でも、上じいじゃない。上じいにはもう二度と会えないのだ。もう二度と一緒に食事をすることはないのだ。俺は上じいにまだ何も言ってないのに。さよならも今までの礼も告げてないのに。

気合いを抜いたら、ぼろぼろ涙がこぼれてしまいそうになる。俺は息を吸い込んで、娘さんに少し笑って見せた。

「玉子丼やなくて、今日は天丼なんです」

「そうなん？」

「今日で俺、借りを返し終わるんです。そやから、最後は天丼にしようって思っとって」

「うわ。ラッキー。わざわざ来てよかったわ」

俺は娘さんに微笑んでから、天丼を二つ注文した。

最後に一緒に天丼を食べて、「これからは二人で自由に食事しような」って、上じいに宣言するつもりだった。上じいは「何言うとるんや」って言いながらも、目を細めて笑ってくれるはずだった。まだまだ二人でここで食事をしたかった。まだまだ俺の話を聞いてもらいたかった。

「ほんまや。父さんが死にそうになりながらも食べとっただけあって、なかなかおいしいね」

娘さんは大きな口を開けて、海老をほおばった。上じいと同じで、満足そうに食べる。

「三好君もはよ食べな。冷めたら天ぷらはまずなるよ」

「ええ、わかってます」

昔、上じいと天丼を食べた時にもそう言われた。あの時、俺は最後の晩餐が悲しくて天丼の味なんてわからなかった。せっかくの天丼なのに、まるで味わえなかった。だから、今日こそ上じいとじっくり天丼を食べるつもりだった。でも、今は前よりずっと胸が苦しくて、悲しくて、味なんてさっぱりわからない。

「今日で完済するつもりやったのに」

喉を通りそうにもなかったけど、娘さんの手前、天ぷらを口に運びながらつぶやいた。

「ええやない。父さんに花もたせてやってよ」

「そやけど」

「それに、十分すぎるほど借りを返してもらったわ。あなたとの玉子丼があったから、父さんは告知されていたより、長く生きたんよ」

娘さんはそう笑った。優しい笑顔だ。上じいと同じ笑顔。俺はその顔に思わず涙ぐみそうになって、慌てて天丼を口の中に押し込んだ。全然味のない天丼。いつもの玉子丼の半分もおいしくない天丼。

俺にはまだまだ天丼は早いんやな。本当に誰かと天丼をゆっくり味わえるようになるまで、まだまだがんばらなあかん。

つゆがしっかり染みたご飯をほおばりながら、俺はそう思った。

ファーストラブ

1

カーテンを開けると、雲の合間に太陽がうっすらと見えた。窓にはりついている水滴もいつもより少ない。昨日まで寒い日が続いていたくせに、今日は寒さも落ちついて暖かい。残念なことに、外出日和《びより》になってしまったようだ。

今日は宝田との初デートだ。待ち合わせは十時なのに、七時過ぎに目が覚めてしまった。いつも日曜日は昼過ぎまで寝ている。休みの日にこんなに早くから起きるのなんて、野球部の試合がある時くらいだ。昨日の晩からなかなか寝付けなかった。うつらうつらしては目が覚めるの繰り返しだった。

といっても、決してデートが楽しみなわけではない。確かに眠れないくらいに、どきどきはしている。だけど、それはうきうきとはまったく違う。もちろん、俺は健全な高校生だからデートは大好きだ。相手がどんな子だって、デートに誘われようものなら二つ返事で飛びつく。でも、それは相手が女の子の場合に限ってだ。

一昨日の金曜日。学年末テスト最終日の帰り道のことだった。テストも終わり、俺はすっきりした気分でバスを待っていた。二月も終わりだというのに、気温が低く道の端には雪がまだ残っていた。

俺の家は開拓中の山手にあり、同じ方面のバスに乗る高校生はほとんどいない。利用者が少ないから、バスの本数も少ない。何台か他へ向かうバスを見送り、人がいなくなったバス停でぼんやり立っていると、宝田に声をかけられた。

「よ、広田じゃん。まだバス来ないの？」

「あ、ああ。そうだけど……？」

俺はびっくりして顔を上げた。宝田に名前を呼ばれるのは初めてだった。

宝田とは一年生の時から同じクラスだし、仲が悪いわけでもない。ただ、宝田と俺とは部活もグループも違う。女子ほどはっきりとはしていないけど、男子もおおまかなグループに分かれている。勉強もスポーツもできる、女子にも教師にも信頼されているさわやかなグループ。俺みたいに部活や体育ははりきっちゃうけど他のことはぬけぬけのグループ。近寄りがたい本気で不良のグループ。そして、宝田が属している、男子より女子と仲がいいお調子者のグループ。

グループに入っていない連中もいるし、グループの枠なんてたいして関係ない。だけど、宝田とは何かを一緒にする機会もなかったし、取り立てて話をしたこともなかった。その宝田が突然親しげに声をかけてきたのだ。

「今日の英語のテスト、かなり難しかったね。広田、できた？」

宝田はそう言って、俺の隣に並んだ。確か宝田は徒歩通学のはずだ。どこかバスで行くところでもあるのだろうか。

「あ、ああ。いや、あんまりできてないけど」

「ったく、あんな問題の出し方ないよなあ。でも、テスト終わったから、一安心だね。これでまた来週から部活ができる」

「まあな」

「三月には市民野球大会があるだろう？　練習も大詰めだよね」

「そうだけど。どうして？」

俺は中学校の時からずっと野球部だけど、宝田はほとんど活動していない軽音楽部に入っている。野球部のことなどには無関係のはずだ。

「もうすぐだなあって思ってさ。大変だよなあ」

「四校しか出ない小さな大会だけどな」

「でも、新チームで活動し始めてからは、二回目の試合だろ？」

「まあな。練習試合を抜いたら新人戦以来かな」

いったい何だというのだ。俺は首をかしげながら宝田の質問にぼそぼそと答えた。

まさか、二年も終わりに近づいた今になって、野球部に転部しようと考えているのだろうか。

「ところで、広田って、何が好き？」

「何が好きって？」

「食べ物。好物は何？」

野球の話から一転して、今度は食べ物の話。宝田は何を訊きたいのだろう。俺はますますわからなくなった。

「そうだな……。米かな」

「米？　いいねえ。健康的だ」

俺が不思議な顔のまま答えるのに、宝田は満足そうにうなずいた。

「じゃあ、嫌いなものはある？　アレルギーを起こす食べ物とか？」

「いや、何でも食えるけど……」

俺は首をさらにかしげた。

「おお、すばらしい。やっぱ、高校生はそうでないとね」

「あのさ、何の調査か知らないけど、俺、あのバスに乗るから」

宝田のわけのわからない話はまだ続きそうだけど、バスが向こうのほうにやって来るのが見えた。

「え、そうなんだ。じゃあ、急いで用件を片付けないと。広田って、今度の日曜日、暇？」

宝田は少し早口になった。

「暇は暇だけど？」

日曜日は部活の練習も休みだ。遊ぶ約束もない。

「じゃあさ、遊びに行こうって、遊びに行こう」

「遊びに行こうって、俺とお前で？」

「そうだよ」

「そうだよって、二人で行くのかよ？」

思いもしない宝田の申し出に、俺の声は大きくなった。

「ああ、もちろん二人で。まあ、簡単に言えばデートみたいなもんだな」

宝田はへへへと笑った。

「なんでお前とデートしなくちゃいけないんだよ。気持ち悪い。いやだよ、俺」

男と二人で遊びに行くなんて、そんなことめったにしない。しかも、普段、話もしない宝田と二人きりでどこかに行くなんて、絶対にごめんだ。

「いいじゃん。どうせ、日曜は暇なんだろう?」

「暇かもしれないけど、わざわざ二人で出かけることもないだろう?」

「まあまあ。そんな興奮しないで。えっと、大山《おおやま》の駅前で待ち合わせでいいよな。あそこまで出れば、結構遊ぶところあるし」

「ちょっと、勝手に進めるなよ」

俺が戸惑っていると、バスが到着した。バスの扉が音を立てて開く。「行かないからな」と、念を押してから俺はバスのステップに足を乗せた。

「いいじゃんか。頼むよ」

宝田が鞄を引っ張った。頼まれたって困る。俺は女の子は大好きだけど、男と二人で出かける趣味はない。バスの運転手が出発できずに、うっとうしそうな顔を向けている。

「無理だって」

俺は小さくため息をついた。

「まあそう言わずにさ。大山駅の改札出たところで、そうだなあ、日曜に早く起きるのも面倒だから十時に。とにかく待ってるし、来てよ」

宝田はそう言って、俺の鞄から手を放した。

「そんなの絶対に行かないからな」

「はいはい。じゃあ、日曜に」

宝田が手を振って、それを合図にバスの扉ががたんと閉まった。

予定を訊かれた時に、日曜日は忙しいと言っておけばよかった。そうじゃなくても、もっときっぱり断っておけばよかった。俺は布団の中で、金曜日のことをもやもやと振り返っていた。

そうだ。別に行かなくたっていいんだ。俺は行かないって宣言もした。だいたい宝田とはちっとも仲良くない。勝手に取り付けられた約束を破ったところで、後々支障はないはずだ。だけど、すっぽかすのは気がとがめた。別に宝田のことはどうだっていいけど、改札で待たれていると思うと申し訳ない気がした。宿題はしょっちゅう忘れるし、掃除当番もサボるいい加減な俺だけど、待ち合わせを破ることは許されない気がした。根がまじめすぎるんだよなあ。俺はそうつぶやきながら、のろのろと起き上がって、身支度を始めた。

いったいどんな格好をして行ったらいいのだろうか。ばっちり決めて行って、はりきっていると思われるのは困る。かといって、あまりにラフな格好ではなあ。学校での様子を見てると、宝田はおしゃれなやつだ。一緒にいて、俺のダサさがめだってしまうのはいやだ。はあ。デートって面倒くさい。それに、お金はどうしよう。いくらぐらい持っていくべきなのだろうか。男同士なんだから、当然割り勘だよな。だいたい宝田はどこに行く気なのだろうか。普段交流がないから、行動が読めない。女の子とはデートしたことがあるけど、男とはない。どうしたらいいのかわからないことだらけだ。

あれこれ考えているうちに、俺は自分に腹が立ってきた。どうしてこんなことを、いちいち悩まないといけないんだ。どうだっていいことだ。さっさと行って、さっさと帰ってくればいいのだ。

結局、俺は出かける時によく着るセーターとジーンズを選び、五千円札をポケットに突っ込んで、待ち合わせ場所に向かった。

2

大山の駅には約束の十分前に着いた。まだ、宝田の姿はない。本当、俺って律儀なのだ。俺はため息をついて、冷たいベンチに腰掛けた。

大山駅はこのあたりでは一番大きな駅だ。日曜日だから、家族連れやカップル、いろんな人たちが行きかっている。天気も良いし、駅もにぎやかだ。俺はうっかり見落とさないように、目を凝《こ》らしながら宝田が来るのを待った。

ところが、十時になっても宝田は来なかった。まったく自分から誘っておいてなんなんだ。五分前行動が常識だろう。いらいらしながら改札の向こうを眺めるけど、宝田の姿は見えない。自分から誘っておいて、遅刻するだろうか。あれだけ強引に誘ったのだ。先に来て待ってるのが普通だ。もしかして、これってだまされてるんじゃないだろうか。突然、宝田が俺を誘うなんて、おかしすぎる。宝田のグループで、俺を引っ掛けようぜって話になって、広田ってばかっぽいからさって……。それは十分ありうる。いかにも高校生が考えそうなドッキリだ。今頃、どこかで俺の姿をのぞいてみんなで笑ってるんじゃないだろうか。俺は、きょろきょろあたりを見回した。だけど、構内にそれらしい気配はなかった。ドッキリではないとしたら、どうしたというのだろう。

駅の時計を見上げると、もう十時を十分以上回っている。こんなに遅いなんて、事故か何かに巻き込まれたんじゃないだろうか。宝田は華奢《きやしや》な身体つきをしてるしへらへらしているから、不良にけんかでも売られているのではないだろうか。それはドッキリよりもありうる。宝田は弱っちいくせに、すぐ人に寄っていく。きっと、今頃……と、想像していると、宝田が改札口から走ってきた。

「ごめん、ごめん」

「ああ、無事だったのか」

俺はほっとして、立ち上がった。

「待たせちゃったね。寝坊してさ」

宝田は、はあはあ息を弾ませた。

「寝坊?」

「うん。いつの間にか、目覚まし止めてたみたいだ」

宝田が笑うのに、かちんときた。俺なんかちっとも眠れなかったというのに。

「もしかしてちょっと待った?」

俺の渋い顔を見て、宝田は申し訳なさそうに訊いてきた。ちょっとどころか二十分も待ったと言いたいのを堪《こら》えて、

「いや、俺も少し遅れてきたからさ」

と、俺はむりやり笑った。

「よかった。えっと、どうしよっか？　どっか行きたいところある？」

駅を出ると、宝田が言った。

「いや、別に」

宝田は髪の毛はぼさぼさだし、トレーナーの上にダウンジャケットを羽織《はお》っただけのだらしない格好をしていた。学校にいる時よりも数段ダサい。俺のほうがまだきちんとしている。まったくなんなんだこれはと思いながら、俺は宝田の少し後ろをついて歩いた。並んで歩いて、デートだと思われたら困る。うっかり来てしまっただけで、俺はそんな気はまるっきりない。

「じゃあ、映画でいっか」

宝田は駅前の映画館を指した。チケット売り場はぎっしり人が並んでいて、そのほとんどがカップルだ。

「ああ、そうだな」

どうして宝田と映画を見なきゃいけないんだと思いつつも、俺はうなずいた。

「どっちが見たい？」

宝田に訊かれて看板を見上げると、二つの映画が上映されているようだった。泣けると話題の純愛映画と昨日封切りされたアメリカのホラー映画だった。

「僕はこの恋愛ものがいいんだけど。広田はどう？」

看板に書かれた宣伝文句を見ると確かに良さそうな話だ。だけど、この映画を見て、その後、俺たちはどうなってしまうのだろう。宝田は、純愛映画を見せておいて、うっとりした俺に告白する気なのだろうか。それはものすごくやばい。男二人で、純愛映画はよろしくない。

「やっぱ、こっちだろう。怖そうだけど、おもしろそうじゃん」

俺はホラーは苦手だけど、そう言った。純愛映画を宝田と二人で見るよりは、安全だ。

「そっか。じゃあ、映画はばらばらに見て、あとで待ち合わせしよっか。ホラーのほうが少し長いみたいだから、終わったらそこのゲーセンで待ってるわ」

宝田は、映画館の隣のゲームセンターを指した。

「え？」

「だから、映画が終わったらそこのゲーセンに来てよ」

どうして一緒に来て、違う映画を見ないといけないんだ。俺は眉をひそめた。

「お前もホラー見ればいいじゃんかよ」

「いやだよ。僕、前からこっちの映画見たかったんだよね。いいじゃん。わざわざ一緒の映画見なくたって。お互いに好きなほうを見れば」

「それは、そうだけど」

「何？　広田、僕と一緒に見たいわけ？」

宝田はにやにや笑った。

「ばかな」

まさか一緒に見たいわけない。だけど、格好悪いけど、俺は一人でホラー映画なんか見られない。並んでいる女の子たちから聞こえてくる話では、この映画の撮影中に霊現象がいくつか起こったらしい。そんな映画を一人で見たら、俺は何日間かうなされてしまう。

「なあ、映画はやめよっか」

「どうしてだよ」

「なんか、混んでるしさ」

「広田って、せっかちだねえ。ここまで並んだんだからいいじゃん。あと少しでチケット買えるって」

「いや、だってさあ、混んでる映画館って落ち着かないだろ？」

「いいじゃんか。チケット一緒に買うし、お金ちょうだい」

俺の弱々しい訴えは、取り上げられなかった。

「ちょっと、待った」

「何？」

「いや、あのさ、俺もやっぱ、お前と同じ映画でいいわ」

「え？」

「いや、待ち合わせるの面倒だし、長い映画見るのは疲れるし。お前と同じ映画にしとくわ」

「そう？」

「ああ、そうしてくれ」

宝田は肩をすくめながら、純愛映画のチケットを二枚購入した。

宝田と並んで見た映画は泣けた。いくつもの障害を乗り越え、死ぬまで一人の人を愛し続ける女の子の姿を描いたすばらしい作品だった。遠く離れてもお互いに通じ合っている。そんな恋人たちの様子に胸が打たれた。感動している俺の横で、宝田は始まって十分も経たないうちに熟睡していたけど。

「すごくいいって評判だったけど、あまりにベタだったなあ。十分見ただけで、結末がわかっちゃったもんね」

映画館を出ると、宝田は不服そうに言った。

「なんだよ。お前すぐに寝てたくせに」

感動した映画をけなされて、俺はむっとして言い返した。

「ところどころ主要部分は見てたって」

「本当かよ」

「本当、本当。僕、授業中でも寝ながら学習するタイプだから」

「あっそう」

「でもさ、あんな話、現実にはないよなあ。普通、離れたら何だって終わりだよね。恋人でも友達でも近くにいないと、役に立たないじゃんね」

宝田はさばさばと言った。

「そんなことない。あの二人は、違うんだって。本当に愛してたら、距離なんて……」

「あ、おなかすいたって思ったら、もう、一時過ぎてるじゃん。よし、ご飯にしよう」

宝田は俺の言葉を無視して歩きはじめた。本当にマイペースなやつだ。俺もしぶしぶ足を進めた。

どこで食べるか決めているのだろうか。宝田は迷いもせず歩いていく。とぼとぼついていくと、大きな公園に出た。

「ここでいっか」

宝田は木でできた古びたベンチを見つけると、鞄をどさりと置いた。

「ここでいいかって、ここで食うの？」

「うん」

「うんって、何食うんだよ」

公園の中には、屋台も何もない。冬場の公園はがらんとしていて、俺たち以外には誰もいなかった。

「何って、弁当に決まってるじゃん」

「弁当？」

「そう。作ってきたんだよね」

宝田は鞄の中から四角い包みを出してきた。道理で、でかい鞄を持ってきていたわけだ。

「こっちはおにぎりで、こっちがおかず。いっぱいあるから、どんどん食べて」

宝田は大きな二つのタッパーをベンチの上に並べて座った。俺もタッパーを挟んで隣に腰掛けた。

「これって、まさかお前が作ったの？」

「そうだよ」

「すごいじゃん」

「すごいのさ」

宝田は俺に割り箸を差し出した。

「ああ、ありがとう」

「寒いのがちょっときついけど、食べよう」

一つのタッパーには、海苔《のり》を巻いたもの、ゴマがついたもの、とろろ昆布をかぶせたものなど、いろんな種類のおにぎりが大量に入っていて、もう一つには、卵焼きにミートボールにコロッケと、おかずがぎっしり詰まっていた。

「こんないっぱい食えないだろう」

「食える食える。外で食ったら、いつもの三倍は食えるからさ」

宝田はそう言ったけど、おにぎりはゆうに二十個はあった。

「俺、おにぎりって、最高に食っても五つだよ」

「なんだよ、それ。根性ないなあ。広田が米が好きだって言うから、おにぎりにしたんだよ」

「好きでも、こんなには無理だろう」

「ま、食べてよ」

「ああ。いただきます……。っていうか、お前って、めちゃくちゃ器用なんだな」

俺がつかんだおにぎりは、きれいな三角形になっている。

「めちゃくちゃってことはないけど、そこそこね。料理なんて、やってみたら案外簡単なんだよ」

「へえ」

感心しながらかぶりつくと、おにぎりの中にはほんのり甘辛いかつおが入っていた。

「すごい。中身入りじゃん。俺、調理実習でおにぎり作ったことあるけど、こうはいかなかったな」

「一回こっきりじゃうまくいかないって。二、三回続けてやってみないとな」

宝田はミートボールを口に入れた。俺も同じようにほおばる。ミートボールの中にうずら卵が入っていて、俺はまた驚いた。卵焼きもコロッケも、どれもおいしい。

「本当にすげえ」

「広田って、単純だなあ」

「いやいや、本気ですごいって。野球部のやつらに食わしたら、みんな同じような反応するぜ」

「野球部って、単純なやつがそろってるんだね。僕、マネージャーにでもなろうかな」

「おう。なればいいって……。あ、俺、飲み物買って来るわ。お茶でいいよな」

夢中で次々に口に放り込んでいたから、飲み物がないことに気づかなかった。温かいお茶でもあると、もっと弁当がおいしくなる。俺は、公園の入り口にあった自販機に向かった。

「広田って、いいやつだよな」

宝田は俺が買ってきたお茶をごくりと飲んだ。

「え？」

「広田って、やっぱすごくいいやつだ」

宝田の言葉に、口いっぱいに卵焼きをほおばっていた俺は、身構えた。

そうだ。のんきに宝田お手製の弁当なんか食ってる場合じゃない。今日俺はデートに誘われてここまでやってきたのだ。宝田は俺に気があるのだ。はっきりと断っておかないといけない。ここまで一緒に過ごしてしまったけど、これ以上深まっちゃだめだ。のばしのばしにすると、かえって宝田を傷つけることになる。俺は、お茶で口の中の物を流し込んで、姿勢を正した。

「俺はいいやつなんかじゃないよ」

「こんなふうに、お茶買って来てくれるじゃん」

宝田は、ペットボトルを振って見せた。

「それは、俺が飲みたかったからだ」

「でも、ごく自然に二人分買っちゃうだろう?」

「それはまぐれだ。俺って全然だめなんだって。そうだ! 俺、もうすごいばかでさ、テストだって、数学なんか二十点だったことあるんだぜ。やばいだろ?」

「いいやつだねとは言ったけど、別に頭がよさそうだねとは言ってないじゃん」

「ああ、まあ、そうだな」

宝田に突っ込まれて、俺は頭をかいた。

「でも、そういう自分のだめなところを勝手にばらしちゃうところも、長所って言えば広田の長所だな」

「いやいやいや、違うぞ。俺はばかだし、基本、悪いことばっかり考えてるしな。そう、掃除もサボってばっかりだ。それにどうでもいいことをいじいじ考えるし、根《ね》は暗いんだよ。ついでに部屋だって汚いし、不潔だし、とにかくいいやつじゃないんだ」

「何？　どうして卑屈になってるの？」

宝田はきょとんとしたまま、おにぎりにかぶりついた。

「いや、何ってさ、そう、ほら、俺たち全然友達じゃないだろう？　こうやって遊ぶのって妙だななんて思ったりしてさ」

「妙？」

「妙っていうか、なんていうか、俺さ、そういう趣味ないんだよ。どうがんばっても、無理なんだ」

弁当を作ってくれた宝田を傷つけたくないけど、やっぱり宝田と付き合うのは無理だ。告白される前に言っておいたほうがいい。

「そういう趣味って？」

宝田は首をかしげた。

「いや、だからさ、俺、お前とどうのこうのっていうのは、無理なんだ。もちろん、宝田って、すごいいいやつだって思うよ。ちょっと弱々しいけど、ほら、料理だってうまいし、人懐っこいしさ。年上の女の人とかにもてそうじゃん。俺なんかじゃなくてもさ。いや、男同士が悪いわけじゃないよな。そういうカップルだって、いっぱいいる。でも俺はさ……」

「何？　広田って、ホモなの？」

宝田は言葉を選びながら話している俺に、おにぎりをくわえたままでそう訊いた。

「は？」

「広田って、男が好きなの？」

それはこっちのせりふだ。俺は眉をひそめた。

「男が好きなのって、それ、お前じゃないのか？」

「どうしてさ？」

今度は宝田が目を丸くした。

「だって、こんなふうに突然デートしようなんて誘ってくるし、俺のために弁当まで作ってるし」

「あれ、広田、知らないの？　一週間くらい前まで、僕、一組の山下と付き合ってたんだよ」

「山下って、山下かおり？」

「そう」

山下かおりは、かわいくて頭もよくて人気のある女子だ。でも、宝田の交友関係なんか知ったことじゃない。

「じゃあ、なんなんだよ。これは」

俺は頭がこんがらがって、語気が強くなった。

「これはさ、お礼だよ。お礼」

「お礼？」

「うん。広田さ、こないだ僕のことかばってくれたじゃん」

「こないだ？」

そんなことあっただろうか。宝田にかかわらず、俺は人をかばうようなやつじゃない。必死で記憶を呼び起こしてみたけど、思い当たる節《ふし》はなかった。

「そうやって、忘れてるところが広田のいいところだよね。ほら、先週のテスト週間に、僕が学習委員会の報告をした時だよ」

「テスト週間の時……？」

「そう、終礼の時」

そうだ、思い出した。

学習委員会に所属している宝田は、学年末テストで学習時間を学級対抗で競い合うことになったと、終礼でみんなに報告した。テストが終わった日に、勉強した時間を計算して提出してほしいということだった。それに対して、クラスのやつらは大いに文句を言った。勉強自体うっとうしい上に、勉強時間を書き出すのなんて、面倒くさすぎる。

「そう言わずに、やってくれよな」

と、宝田が言っても、みんなのブーイングが収まることはなかった。俺だって、学習時間をグラフに書いて提出するなんて、ばかばかしいしわずらわしいと思った。だけど、それより何より、俺はその日の終礼をさっさと済ませて早く帰りたかった。

テスト一週間前になると、部活が停止になって野球部の俺も早く帰れる。テスト週間になってから、俺は欠かさず五時から始まるアニメの再放送を見ていた。そして、その日は最終回の放送日だったのだ。主人公の行く末が気になる。見逃すわけにはいかなかった。

だらだら話し合いをしていたのでは、アニメの放送に間に合わない。それなのに、宝田は「まあまあ、やってよね」と、のんきに言ってるだけでらちがあきそうもなかった。だめだ。このままでは、アニメが見られない。切羽詰《せっぱつ》まった俺は、立ち上がった。そして、

「ごちゃごちゃ言ってないで、どうせやらなきゃいけないんだから、やればいいだろう」

と、みんなに訴えたのだった。

普段の俺は、まともな意見を言うことなどない。そんな俺が大きな声で言うものだから、みんなしんとなった。俺と同じように早く帰りたいと思ってたやつらが、そうだそうだと同意して、一件落着した。そのできごとに宝田は感謝していると言うのだ。残念ながら、あれは宝田をかばったのではない。テレビが見たい。それだけだった。

「そんなことで、俺を誘ったの？」

「ああ。すごい嬉しかったんだよね。ちょっと、胸がじーんとしちゃってさ。あの時の広田ってかなり格好良かったよ。僕に恩を着せることもなく、何も言わず一目散に教室出て行くんだからさ」

それはテレビのためだ。バスに乗り遅れないため必死だったのだ。

「いや、なんていうかさ。あれは、たまたまだ」

買いかぶられた俺は、まごまごした。

「そんな謙遜《けんそん》しなくたっていいじゃん。同性でも、仲良くない相手でも、いいことしてもらえると、胸は勝手に動くんだね。ぞくっとしてから、じーんと熱くなった」

「そんなもんかなあ……。じゃあさ、あの時お前をかばったのがもし女だったら、今日って、女とデートしてたのか？」

「まあ、そうなるね」

宝田はうなずいた。俺はほっとしたというか、がくっとしたというか、とにかく一気に拍子抜けした。

「何、広田って、僕に告白されるとでも思ってたの？」

「普通、二人きりで出かけようってなったら、疑うもんだろう？」

「すごい想像力だねえ。うらやましい」

宝田は目を細めて言うと、おいしそうにお茶を飲み干した。

3

二十個のおにぎりとたくさんのおかずを必死に平らげ、おなかがいっぱいになった俺たちは、腹ごなしのためにバッティングセンターに行くことにした。疑惑が解明され、すっきりして食欲が増したような気もしたけど、おにぎりを十個以上食べるのはさすがにきつかった。しばらくは動けずにベンチの上でぼんやりしていた俺たちも、これではいかんと立ち上がったのだ。

「バッティングセンターなんて初めてだよ。っていうか、考えてみたら僕、野球なんて小学校の時以来してないなあ」

と言う宝田は、まるでセンスがなく空振りばかりしていた。球が完全に落ちてから、バットを振っている。それでは当たりっこない。

「お前、いくらなんでも運動神経なさ過ぎじゃん。ちゃんと球を見ろよな」

偉そうに言ったものの、俺の打球もよろよろしていた。冬の間は、野球部も体育館での筋トレが多くて、実際に球を打つことが少ない。

「僕は軽音楽部だからいいけど、野球部でそれはまずいだろう」

俺のバッティングを見た宝田は、隣のブースからでかい声で言った。

「いいんだよ、俺は。守備専門だから」

そう言いながら何度も打っているうちに、やっとタイミングが合ってきた。そうなれば、気持ちよく球が当たる。部活でやる野球と同じように、こういうバッティングも楽しい。やっぱり俺は野球が好きなんだなと思う。

宝田のほうは、いつまで経ってもこつをつかめないのか、相変わらずバットを振り回していた。何とかなるだろうと横目で見ていたけど、どうにもなりそうにない。俺はたまりかねて、アドバイスをしてやることにした。

「あのさ、まずいっぺん見送って、球のスピードとか動きを見てみろよ」

バットを振り回しているだけの宝田も楽しそうだけど、あまりにもへたすぎる。向こうに見える親子づれの小さい子どもですら、もう少しうまく球を返している。

「なるほど」

宝田は素直に球を観察した。

「それで、もっとバットを短く持つ」

「こう?」

宝田は、俺の言うとおりにやってみせた。

「で、脇を締めるんだ。腰が引けすぎじゃん。もっと真ん中に立てよ」

「なんか難しいなあ」

そう言いながらも、宝田は言われたようにバットを振る。

「タイミングが遅い」

「そう言われたってなあ」

「もっと低い位置で振るんだって」

「こうか？」

「そんなふうに思いっきり振らなくていいから」

「はいはい」

「そう。今！」

　俺の掛け声で振ったバットに重い音を立てて球が当たって、宝田は「おお、すげー」と感動の声をあげた。

「やるじゃん」

「なんか、めちゃくちゃ楽しくなってきた」

　感覚さえつかめば、後は簡単だ。一球当てることができた宝田は、その後はバンバン打ちはなっていた。

　初めて付き合った女の子とも、バッティングセンターに行ったことがあった。やっぱり彼女は全然打てなくて、教えてくれと言われてアドバイスした。それなのに、何度か注意しているうちに、「もう、ほうっておいて」と逆ギレされたことがある。

「おお、今の逆転満塁サヨナラホームランだよね」

宝田がでかい当たりに歓声をあげた。

「お前、センスあるじゃん」

「こつさえつかめばね」

「すごいすごい」

「広田のおかげだ。広田って、結構教えるのうまい」

「そんなことないけどさ」

「またまた謙遜しちゃって」

すっかり上手になった宝田と俺は、気の済むまで球を打ちまくった。

「もう、しばらくバットは振れそうにもない」

「部活でもこんなに練習しないからな」

バッティングセンターを出た俺たちは、ぐったりしながら歩いた。

「次、どうする？」

「どうするってさ、この汗だぜ」

俺の背中は汗でじっとりしていた。冬場だというのに、額にも汗がにじんでいる。

「こんなので寒いところ歩いてたら、風邪引きそうだね」

「おう。とにかく、汗流せるところに行こう」

「それって、もしかして？」

「いいじゃん。風呂入るだけだって」

「なんか、やらしい」

さんざん汗をかいた俺たちは、コンビニでパンツを買い、げらげら笑いながら銭湯に向かった。

駅前のスーパー銭湯は、まだ夕方だというのにたくさんの客がいた。湯気の立ち込めた浴場にみんなの声がこだましている。

宝田はさっさと身体を洗うと、いろんな種類の風呂があるのがおもしろいのか、あちこちの浴槽につかっては移動していた。

俺はしっかり汗を流すと、一番大きな湯船につかった。広い風呂は気持ちいい。固まった筋肉がみるみるやわらぐ。家だと風呂なんて五分で済ませてしまうけど、銭湯だといつまでもつかっていられそうだ。

「やっぱり、露天風呂は寒いな」

全種類の湯船を制覇した宝田が、俺の隣にやってきた。

「忙しいやつだな」

「せっかくだから、どの風呂にも入りたいじゃん。普段、あんまり銭湯なんて来ないし」

「まあな」

「へへへ。ゆっくり風呂に入れるなんて、良いデートだ」

宝田が満足げに言った。

「お前って、山下さんと付き合ってたんだろう？　いつもどういうところに行ってたんだよ」

「そうだなあ。あんまり遠出はしなかったな。お互いの家ばっか、行き来してた気がする。結構近所なんだよね」

「ふうん」

「そう言う広田は、杉田さんとはどうだったの？」

「へ？」

「広田って、一年の杉田さんと付き合ってたんだろう？」

「なんでお前が知ってるんだよ」

俺の声が風呂場に響いた。

確かに俺は半年ほど前、杉田と三ヶ月ほど付き合っていた。だけど、俺はそういうことを話すほうじゃないから、知ってるやつは少ししかいないと思っていたのだ。

「お前がって、みんな知ってるよ」

「そうなのか?」

「そうだよ。杉田さんの前は、まゆみちゃんと付き合ってただろう? それでもって、こないだのバレンタインには富田さんに告白されて、断った。もったいないねえ。富田さん、そこそこかわいいのに」

宝田はすらすらと俺の情報を話した。

「お前、俺のこと知り過ぎだろう。俺らって全然接点ないのに」

「同じクラスだったら、それぐらいわかるって。特に女の子のことは、トップニュースだからね」

「そうなのか……」

俺は初めて知る事実に愕然《がくぜん》とした。野球部のやつらぐらいしか知らないものだと思っていたけど、みんなそんなに俺のことに詳しかったのか。

「俺なんか、今日初めてお前と山下さんのこと知ったっていうのに」

俺は力なくつぶやいた。

「それこそびっくりだよ。僕と山下って、入学してすぐ付き合いはじめて二年近く一緒にいたから、学校公認の仲だと思ってたのにな。まさか、同じクラスの広田が知らなかったとはね」

「そんなに長い間、付き合ってたんだ」

「そう。そんなに長い間付き合ってたんだよ」

「すげーな。そんなに一緒だったのに、どうして別れちゃったんだ?」

「うーん。現実は、映画みたいにはいかないってこと」

「そんなもんなんだ」

「そんなもんなんだよね」

なんだか宝田が大人に思えた。

俺も俺の周りのやつらも、女の子と付き合っても、半年もてばいいところだ。すぐに夢中になるけど、すぐに気が変わってしまう。それに別れる理由もくだらない。映画なんか引き合いにならない。二年も同じ女の子と一緒にいて別れを迎えるなんて、どんな感じなんだろうか。今の俺にはまだ想像がつかなかった。

「女の子もいいけどさ、映画見てバッティングセンター行って風呂入って、今日のデートもかなりよかったよ」

宝田が湯船にじゃぼんと顔をつけてから、そう言った。

「だな。腹が膨れたら運動して、汗をかいたら風呂入って、単純明快だ」

俺もまねして顔をつけた。

「女の子と一緒だとこうはいかないよなあ」

「いかないいかない。気、遣うしさ、まさか銭湯は無理だな。それにいいとこ見せないといけないいから、バッティングセンターでも空振りできないし」

「ひゃあ面倒くさい。ってことは、男同士って最高じゃん」

「おう。たまにはな。またこうやって遊ぼうぜ」

「うん。そうだな」

俺たちは、湯船の中で声を響かせながら、豪快に笑った。どんどん身体がぬくもって、頭のてっぺんから足の先まで、すべてが温かくなった。


銭湯を出た俺たちは、湯気が出る身体のままで駅まで戻った。大山の駅は朝と行きかう人の数は変わらないのに、しんとして見えた。風がひんやり冷たい。まだ六時を過ぎたところだけど、一日が終わったんだなと思う。休みの日が終わるのはいつも寂しい。しかも、今日はいつもより終わりがはっきりと感じられた。

「じゃあ、明日学校で」

宝田は自分の駅までの切符を買うと、そう言った。宝田の乗る電車は、俺とは進行方向が違う。

「ああ。また明日」

俺はそう応えながら、「また明日」というのは何か違うと思った。前よりずっと仲良くなった俺と宝田だけど、学校に戻ればこんなふうにはいかないだろう。今日の延長の明日はきっとない。今日、俺と宝田で作ったものは、今日の中でおしまいになってしまいそうな、そんな気がした。

「あのさ」

「何？」

宝田が小さく首をかしげた。

「ありがとう」

「何が？」

「弁当とかうまかったし、なんか今日は楽しかった」

「へへへ。こちらこそ」

宝田はにっこり笑って、手を大きく振った。

4

翌日の終礼時、驚くべきことが起こった。担任の教師から、宝田が転校することが告げられたのだ。

「えっと、突然なんですけど、明日から母の実家がある大阪に行くことになりました。せめて二年生の最後まではみんなと一緒にいたいと思ってたのに、ちょっと残念です。まあ、今までありがとうございました」

宝田は前に進み出ると、てきぱきと挨拶をした。

宝田と仲の良いやつらは前から知っていたようで、しんみりした顔をしていたけど、ほとんどのやつらが急な宝田の転校に、ざわざわと声を立てていた。だけど、一番大きな反応を見せたのは、俺だ。

「ちょっと、待てよ！」

あまりに驚いた俺は、思わず立ち上がって叫んでいた。

みんないっせいに俺を見た。さっきまで宝田のほうを向いていた目は、全部俺に向けられた。

「どうして、転校しちゃうんだよ」

「ああ、家の都合で」

宝田は少し困ったような笑顔を浮かべて、応えた。

「家の都合って、なんだよ。そんなの全然、聞いてねえよ」

「そういや、言ってなかったね」

「普通さ、あんなふうに一日一緒にいたら、言うもんだろう?」

「そっか。そうだな」

「そうだなって、こんな重大なこと黙っておくなんて、おかしいじゃねえか」

けろりとした宝田の返答に俺の声は大きくなった。俺を見るみんなはそろいもそろって不思議そうにしている。当たり前だ。俺と宝田はちっとも仲良くなかったのだから。

「一度にみんなに言ったほうが、簡単かなって思ったんだ」

「簡単ってなんなんだよ。お前って、どうしてそう適当なんだよ」

「まあ、怒るなって。わざと転校するわけじゃないんだからさ」

宝田は俺のほうに近づいてきて、俺の肩をぽんぽんとたたいた。

「そりゃ、そうだけどさ……。転校って、本気でもう明日から学校来ないのかよ」

「それが転校だからね」

「なんだよ、それ。しかも、大阪ってさ。遠すぎるじゃん」

「遠いねえ。軽く五百キロはあるだろうね」

「そんなに遠いんじゃ、どうしようもないじゃんよ」

「しかたないね」

「勝手すぎるよ」

俺はがくりと肩を落として、いすに座り込んだ。

「何、広田って、宝田と仲良かったの？」

「今までしゃべってんのなんか、見たことないぜ」

「でも、今の会話って普通じゃないよな。秘密の関係だったりして」

「男同士でできてんじゃねえの」

「ひゅー。お熱いね、広田。いとしの宝田君がいなくなって寂しいじゃん」

冷やかしの声や驚きの声が聞こえてきたけど、どれも相手にする気になれなかった。

宝田が転校する。その事実に俺は胸が苦しくなった。転校なんてそんなにめずらしいことじゃない。今まで何人も転校生を見送ったことがあるし、親しいやつが転校していったことだってある。だけど、こんなに悲しくなったのは初めてだ。

昨日、また遊ぼうぜって言ったじゃないか。こんなことなら、昨日一緒に過ごすんじゃなかった。そしたら俺は絶対に悲しい気持ちになんかならなかった。宝田の転校なんて、どうだっていいことで終わらせることができた。今は悲しくて苦しくてたまらない。無理やり付き合わされたデートのせいだ。俺のふつふつした気持ちは、なかなか収まらなかった。

放課後、部活の練習に向かう途中、俺は宝田の姿を探した。宝田は部活をせずに帰るようで、校門の近くにいた。何人かの友人に囲まれて別れを惜しんでいる。みんなさっさと部活に行けよなといらいらしながら、俺は話しかけるチャンスを待った。宝田に言っておきたいことがある。俺は宝田の様子を、離れた場所からうかがった。

「じゃあ、がんばってな」

「おう。みんなもな」

「また、メールするよ」

「サンキュー」

一通り挨拶が終わって、宝田が校門を出た。見送りに出た仲間たちも、しばらく手を振った後、それぞれの場所に向かった。今しかない。俺は校門を出て宝田を追いかけた。

「ちょっと待てよ」

「おう、広田じゃん」

宝田は足を止めて、振り向いた。

「何？　まさかデートの誘い？」

宝田はふざけた口調で言ったけど、俺は笑わなかった。宝田の正面に立つと、思い切って口を開いた。

「離れたから終わりとかにはなんないから。俺は絶対忘れないからな。お前とは友達でも、恋人でもないけど、遠く離れたって、お前のこと忘れないから」

宝田は黙って聞いた後、

「きゃあ。格好いいじゃん」

と、けらけら笑った。

「なんだよ、笑うなよ」

「ごめんごめん。だっておもしろいんだもん」

「なんだよそれ。まじめに言ってるのに」

「今は広田、センチメンタルになってるからさ。でも、もって一週間だな」

「違う。本気だ。あの映画の主人公の八十五倍本気だ」

「はいはい。せいぜいがんばってよ」

「ああ、がんばるさ」

俺はむきになって言った。

「僕のことだけじゃなく、勉強も部活もがんばりなよ」

宝田は偉そうに言って、「じゃあな」と、手を掲げた。

「ああ」

俺も同じように手を掲げた。熱く思いを叫んでみたけど、じゃあなって言われれば、じゃあなって答えることしかできない。宝田の言うとおり、好きとか嫌いとか関係なく胸は動く。今、俺の胸は、ものすごく締めつけられて苦しかった。

「あ、そうだ。でもさ、また風呂は行こうよ。あれはおもしろかった」

宝田はにこりと笑った。

「おう」

俺はしっかりとうなずいた。そして、宝田の姿が完全に見えなくなるまで、ずっと手を振った。

ドッグシェア

1

女は何かあるたびに強くなる。

最初に私を強くしたのは結婚だ。二十七歳の時、私は取引先のダイスケと結婚した。大恋愛をしたわけではないけど、二年付き合い、もろもろの手はずを踏んで結婚した。ダイスケは優柔不断でどんくさいところはあるけれど、よく働き、優しくまじめな男だった。

結婚したことで、家事と仕事を両立しなくてはいけなくなり、折り合いをつけたり我慢したりすることも多くなった。そういう日常の中で、少しずつ人間としての器《うつわ》が大きくなった。それに、一番すっきりしたのは、他の男に好かれたいという意識がなくなったことだ。独身のころは彼氏がいるいないにかかわらず、男の子の目が気になった。髪型を流行のものにしたり、雑誌を読んでかわいい女の子になる方法を研究したりしたし、他の女の子とけん制しあうこともあった。だけど、だんながいるとなったら、そんなことと無関係でいられた。自分はだんながいるからいい。男に好かれる必要もないし、もてなくたってかまわない。気にする相手が減るのは、なんとも気楽だった。

そして、三十代に突入し、私の開き直りはパワーアップした。

二十代のころは、年をとることに敏感だったし、おばさんって言われるたびにカチンと来た。何とかおばさんに見られないようにと努力もした。けれど、三十代になると、そんなこともどうでもよくなった。ダサい短パンにTシャツで近所の商店街ぐらいには行けるようになったし、店のおじさん相手に「ちょっとぐらいまけてくれてもいいでしょう」とずうずうしいことも言えるようになった。陰口をたたかれることも怖くなくなって、会社の若い子に厭味《いやみ》の一つも言えるようになった。どうあがいても、三十代なのだ。おばさんだと思われることより、自分の腰痛や肩こりのほうに気をとられるようになった。

そして、私を決定的に強くしたのは、離婚だ。

去年の春、私はダイスケと別れた。結婚して五年。すれ違いもあったし、いざこざもあった。もともと性格がぴたりと合っていたわけでもなかった上にいろいろな理由が積み重なって、お互いに一緒にいることがしんどくなった。たくさんけんかして、言い争って、悪いところを責め合って、醜いことを散々した。わずかに心を配っていたダイスケさえいなくなった私は、本当に気にするものがなくなった。

　離婚した直後は気が滅入ることもあったけど、今は一人でいることを満喫している。一人の快適さは何ものにも替えられない。自分のペースを乱されることなく、自分だけのやり方で生活を動かすことができる。ダイスケはそれほどうるさい人間ではなかったし、気の強い私がダイスケの言うことを素直に聞くこともなかったけど、誰かと生活を共にするのはそれなりのストレスを生む。離婚して一人の自由を手にした私は、気持ちが頑丈になって、怖いものもほとんどなくなっていた。

　帰り道一つをとってもそうだ。私のアパートから駅までの道には公園がある。だだっぴろくて草木が生い茂っていて、ぶらんこしかないさびれた不気味な公園。何年か前にひったくりが多発したこともあり、誰もめったに利用しない公園だ。特に日が暮れると女の人は通らない。でも、私は平気だ。公園を突き抜けて帰ると信号を二つとばせるし、近道になるから愛用している。三十過ぎの離婚歴のある私なんて誰も襲わないのだ。

　今日もいつもどおり公園を通る。残業のせいで八時を回った公園は、外灯が点《つ》いてはいるけどひっそりしていた。

クーラーが効いたビル内の会社にいると、季節なんてわからなくなるけど、公園の中はどの季節かよくわかる。前までは八時になっても日の光がうっすらとどこかに残っているような感じがしたけど、八月も終わりを迎えた今は、太陽の気配はどこにもない。緑がある公園は、涼しい風が吹いて着々と秋に近づいている。

「お待たせ」

公園の出口付近、私は柵を越えて草むらの中に入った。大きな桜の木の下に置かれたダンボール箱の中。ポチがいるのだ。

三日前の晩も、私は一人で公園の中を歩いていた。その日も八時を回っていて、公園には誰もいなかった。日に日に暗さが深くなるなあ、なんてことを思いながら歩いていると、視線を感じた。人がいないのに、誰かに見られている気がしたのだ。季節がら幽霊でもいるのかもしれない。ここで人が死んだという話は聞いたことがないけど、ひったくりにあった人の生霊《いきりょう》がうごめいているのかもしれない。そう思うとぞっとした。怖いものはなくなってはいるけど、幽霊は苦手だ。

とにかく前を見て足を速めていると、ものすごい勢いでその気配が近づいてきた。

ああ、もうだめだ。幽霊からは逃げられない。私はどきどきしながらも、覚悟を決めて姿を確認しようと後ろを振り向いた。当たり前だけどそこには幽霊の姿はなく、小さな犬がへらへらとしっぽをふって立っていた。暗くてわかりにくいけど、毛が長い白っぽい犬。

「いったい何なのよ」

すっかり拍子抜けした私の足に、小犬はくんくんとまとわりついてきた。

「ちょっと、暑苦しい」

追っ払っても小犬は気にすることなくしばらく私に絡みつくと、今度は向きを変えて歩きはじめた。何か見せたいものがあるらしい。ちらちらと私のほうを振り返りながら、公衆トイレの後ろの草むらのほうへ向かっていく。

「まったく勝手な犬だね」

とつぶやきながら、私はしかたなくついて行った。

小犬が向かった先は草むらの大きい桜の木の下で、そこにはダンボールが置かれていた。犬はちらりと私の顔を見てから、その中にぴょこんと入っていった。ダンボールの中にはバスタオルが敷き詰めてある。捨て犬なのだ。いまどき、こんなふうに捨てられている犬が本当にいるんだ。昔、漫画やドラマで見たような光景になんだか感心してしまった。

「なるほど、捨てられたんだ」

私が納得すると、小犬はくうんと消えそうな声で鳴いた。

「もしかしておなかすいてるの？」

小犬はもう一度くうんと答える。

「って言われても、私何も食べ物持ってないんだよねえ」

私は鞄の中をあさって、ビスコを取り出した。仕事の合間や帰りの電車の中で、ちょっとおなかがすくと、ビスコを食べる。ビスコはおいしいだけでなく身体にもよい気がして、小さいころからよく食べた。

「お菓子だけど、いいか。どうぞ」

私はビスコの封を開け、ダンボールの中に入れてやった。小犬は嬉しそうにはぐはぐとビスコをほおばった。

それ以来、仕事の帰りにここに寄って、毎晩ビスコをダンボールの中に入れてやるようになったのだ。

「お待たせ、ポチ。おなかすいたでしょう？」

と、いつものようにダンボールの中をのぞき込んだ私は顔をしかめた。臭いのだ。ニンニクのにおいがぷんぷんしている。よく見てみると、驚いたことにたくさんの餃子がダンボールの中に転がっていた。

「何なのよ、これ!?」

私は慌てて、ダンボールの中の餃子を拾い集めた。においも気になるし、ニンニクは犬の体によくないと聞いたことがある。

「いったい、誰がこんなことしたの？」

もちろんポチは答えない。餃子は十個近く転がっていて、まだほんのり温かかった。ポチが少し口にしたのだろう。二、三個かじってあり、中身がぼろぼろ出ていた。

どこの誰が何のためにこんなことをしたのだろう。夕飯の残りを持ってきたのか、それとも何かのいたずらなのだろうか。私は、駅前でもらったポケットティッシュに餃子をくるんで、ゴミ箱へと持っていった。

「だめだ。まだ臭いねえ」

餃子はなくなったけど、においは残っている。ポチも困ったように小さな唸《うな》り声《ごえ》をあげた。ポチの毛にもにおいが染みついているのだ。

「よし、においが消えるまで走っておいで」

私はポチをダンボールから抱き上げて、外へ出してやった。ポチは自分でもにおいが気になったのか、素直に公園の中をちょこまかと走った。

2

次の日、私は新しいバスタオルを持ってポチの元へ向かった。昨日のにおいがまだタオルに残っているはずだ。どうせ汚らしいタオルだったし、新しいのに替えてやろうと思ったのだ。

いつもより早めに会社を出て、公園に向かう。駅からしばらくは人の流れがあるのに、公園に近づくころにはほとんど人がいなくなる。公園の中に入ると、人気《ひとけ》は消え、音も光もぐっと少なくなる。そうなると、いろんなことが見えてくる。今日は月が半月だということ、木々がしっとりしているから夕方ぐらいに雨が降ったらしいこと。まだ夜は浅く、空の色も薄い。

雨の後の草木の湿ったにおいはいい。大きく息を吸い込みながら、ポチのいる草むらを目指していた私は、首をかしげた。またにおうのだ。ニンニクとは違うけど、甘辛い油っぽいにおい。そう、中華料理のにおいだ。

私は足早にポチの元に向かった。いやな予感は当たり、今日はダンボールの中にエビチリが入っていた。容器はひっくり返り、ポチはチリソースにまみれて赤くなっている。

「ちょっと、何なのよ。これって」

私はポチの横にがくりとしゃがみ込んだ。意味がわからなさすぎて、力が抜けた。

「餃子の次はエビチリって、どういうことなの？」

ポチはピリ辛のチリソースでテンションがあがったのか、嬉しそうに吠《ほ》えている。エビチリを取り出してみると、まだ温かい。ということは、ついさっき、七時ぐらいに持ってきたものだ。

「いたずらにもほどがあるよ。まったく、どんなやつがこんなことするんだろう。許せないよね。って、そんなことより、まず洗わなきゃ」

私はポチを抱えあげると、手洗い場に向かった。電灯に照らされると、体中にソースが付いているのがよく見えた。ポチの白い毛がだいなしだ。

「これは早いとこ落とさないと、柄《がら》つきの犬になっちゃう」

と言ったものの、私は今まで動物を飼ったことがないから、どうやって洗うのかわからない。毛むくじゃらなのだから、毛布を洗う要領でいいのだろうか。とりあえず、ポチを蛇口の下に押さえ込み、水を勢いよくかけてやる。ポチは嫌がっているのか喜んでいるのか、激しくぶるぶる体を振るう。

「もう、そんなに暴れないでよ」

何度も逃げ出そうとするポチを引き戻し、悪戦苦闘しながらようやくチリソースを洗い落とすことができた。洗い終えると、ダンボールの中のバスタオルも替えてやった。汚れたタオルをのけても、ほんの少し甘酸っぱいにおいがするけど、しかたがない。

「今度、ファブリーズ持ってこないとねえ」

体を震わせながら、くうんとポチは返事をする。

「ポチも災難だよねえ。餃子、エビチリときたら、明日は、杏仁豆腐あたりが入ってたりして」

一仕事終えた私はポチと一緒にビスコをかじりながら、半月を見上げた。月はどっぷり重そうになっている。そろそろと秋が近づいている。

翌日、私の予想は微妙に当たり、ポチの隣にはごま団子が転がっていた。臭くないし汚れないから、中華料理の中からのチョイスとしては、まだいいほうなのかもしれない。しかし、味はポチのお気に召さなかったようで、口にしてはいないようだ。

「犬は何でも食べるって言うけど、ちょっとひどいよね」

私はポチの頭をなでてやった。ポチも毎日続く、衝撃の夕飯に参っているはずだ。

「それにしても、なんでこう中華料理続きなんだろう。においもきついし、油っぽいし、汚れるのに……」

そうつぶやきながら、私ははっとした。このペースでいくと、きっと明日はラーメンだ。残る中華料理といえば、ラーメンぐらいしか思い浮かばない。ラーメンを突っ込まれたら、ポチが汁でべとべとになる。毎日中華を持ってくるおかしなやつだ。最悪の場合、熱々のラーメンをそのままダンボールに流し込んで、ポチをやけどさせるかもしれない。

「ポチ、ちょっと待ってて」

私は公園を出て、表通りのコンビニまで走った。油性ペン一本とセロテープを買い、コピー用紙を一枚分けてもらった。ポチの元に戻ると、大きな字でしっかりと、

「ポチにえさ（中華料理）をやらないでください」

と紙に書き込んだ。

「これで、大丈夫だよ」

私はポチに紙を見せると、ダンボールに貼り付けた。

3

翌日、念のために少し早めにポチの元に行くと、男の子が座っていた。ポチをひざの上に乗せて、草むらの上にあぐらをかいてどかっと座っている。ラフな格好をしているし、若そうだから学生だろうか。

「あ、あなた、この貼り紙した人でしょう?」

男の子は私が近づくと、はがした貼り紙をひらひらして見せた。なついているのか、ポチはおとなしく男の子のひざの上に収まっている。

「そうだけど」

私は男の子とポチの前にしゃがみ込んだ。

「いかにも貼り紙を書きそうな顔をしてるなあ」

男の子は勝手に納得した。

「それより、あなたがわけのわからないえさあげてる人?」

「わけのわからないえさって?」

男の子は私の質問に首をかしげた。

「餃子にエビチリにごま団子」

「ああ、あれ？　わけがわからなくないよ。本格中華だぜ」

「本格か高級か知らないけど、そういうのあげられると困るのよ」

私はおとなしくしているポチの頭をなでた。あんたも文句言ってやりなさいよね、という意味をこめたのに、ポチは気持ちよさそうに目を細めただけだ。

「困るって、あんたがこの犬管理してる人？」

「そうじゃないけど……」

「だったら、いいじゃん。別に」

「よくないよ。エビチリは毛が汚れるし、餃子は臭いし、ラーメンはやけどするし、とにかく中華はだめ」

「ラーメンはまだあげてないけどね」

男の子は笑った。暗くてわかりにくいけど、表情のよく変わる子だ。

「そうだった。でも、油っぽいし後始末に困るし、中華はだめなんだって」

「なるほど。そう言われたらそうだな。そんな苦労かけてるとは知らなかった。すみません。今後気をつけます」

男の子は素直に言って、座ったままでぺこりと頭を下げた。

「まあ、いいんだけど」

あっさり謝られて、私は少し拍子抜けした。もっとやっかいな相手だと思ったのだ。

「それよりさ、どうしてポチなの？」

男の子が訊いた。

「へ？」

「この犬の名前。なんでポチって言うの？」

「おかしい？」

「おかしいよ。だって、こいつ女の子だぜ」

「そうなの？」

「そうなのって、見てみてよ」

彼は両手でポチを抱き上げると、おなかをひっくり返して私に見せた。

「な、ついてないだろ？」

「本当だ。でも、ポチでいいじゃない。ポチって、ヨシコとかケンタとかと違って、男にも女にも使える名前なんだよ」

「なんだ、それ」

「なんだそれって、それこそポチって名前で困ることあるの？」

「あるよ。俺、こいつのこと、マリリンって呼んでるんだもん」

「マリリン……？」

ポチが女の子だというのはわかった。でも、小さくぼてっとした体つきで、ひしゃげた顔をしているポチには、マリリンなんて名前、不釣り合いだ。

「そう。マリリン。マリリン・モンローから取ったんだよね。ほら、美しいだろう？」

男の子は自信満々で言った。犬のことはよくわからないけど、きっとポチはどう成長しても、美しくならない。

「どうやっても、マリリンじゃないよ。ね？　ポチ」

私が言うと、ポチは賛成したのか、きゃんと一つ吠えた。

「あれ、そうなのマリリン？　しかたがないなあ。じゃあ、間を取って、ポチリン・モンローにしよう」

男の子はしばらく悩んで、妥協策を提案した。

「ポチリン・モンロー？」

私は顔をしかめた。そんなふざけた名前、マリリン・モンローに聞かれたら、名誉毀損《きそん》で訴えられる。

「いや、モンローは違うか。あ、そうだ。あんた名前なんていうの？」

「私？　久永だけど」

「久永か。俺は内村っていうんだ。ってことは、今度こそ間を取って、久村ポチリン。これでどう？」

「まあ、それでいいんじゃない」

　ポチのことをフルネームで呼ぶことなどない。私は適当にうなずいておいた。男の子は自分の命名が気に入ったのか、何度も久村ポチリンと呼んではポチをなでまわした。

「そんなにポチのこと気になるなら、つれて帰って家で飼えばいいのに」

　男の子があまりにもポチにベタベタするのを見て、私はそう言った。

「無理。俺の家、アパートだもん。ペットと家賃滞納は厳禁なんだ」

「あっそう」

「久永さんこそ、家で飼えばいいじゃない？」

「私もマンションなんだ」

「そっか。じゃあさ、シェアってことにしよう」

　男の子はパチンと指を鳴らした。

「シェアって何?」

「共有するんだって。あれ、知らない? 今、若い子の間で流行《はや》ってるんだよ。ルームシェアとかさ」

「若い子の間でね」

私は厭味っぽく繰り返してみたけど、男の子はまるで気づかず話を進めた。

「それと一緒。この犬もシェアするんだ。俺と久永さんで。二人で面倒見ようよ」

「シェアかあ」

「うん。シェア。よし、よかったな。久村ポチリン。突然、お父さんとお母さんができたぞ」

男の子は上機嫌でポチを高く抱き上げた。

4

土曜、日曜は仕事が休みでポチを見に行かなかった。あの男の子が土曜日に中華料理を入れていたら腐っているだろうなあと少し心配しながら、月曜日の仕事帰り、ポチの元へ向かった。

おそるおそるダンボールの中をのぞいてみると、ちゃんと忠告を守ってか、中には肉まんもシュウマイも入ってなかった。

「よかったねポチ。中華まみれから逃れられたね……あれ？」

ポチの周りにはないはずなのに、以前と同じようにどこからか中華料理のにおいがする。鼻をくんくん言わせながらにおいの元をたどってみると、ダンボールの横にパックに入った肉団子があった。

「あの子って、どうしても中華料理をここに持ってこずにはいられないのかな」

大きめのパックには貼り紙がしてあり、「ポチリンのえさは頼みます。その代わり、これ、久永さんがどうぞ」と紙からはみ出そうなぐらい大振りな字で書いてある。

「どうぞって、こんなところに置きっぱなしになってたものを食べられるわけないよねえ」

私はやれやれとパックを手にしたまま、ポチの横に腰を下ろした。

最近の世の中は物騒だ。公園に置かれている物をすんなり食べられるほど、平和ではない。置いてある間に毒を盛られるかもしれないし、変な虫がたかっている可能性もある。もう怖いものはなくなった私でも、草むらの上に置いてある肉団子を食べるほどのんきにはなれなかった。

「まったく、どうしようか」

そう訊いてみても、ポチは尻尾を振ってるだけで的確な答えは出してくれない。肉団子の甘酸っぱいにおいは食欲をそそるけど、おなかを壊すのはいやだ。

「もったいないけど、捨てちゃおっか。危ないもんね」

私はポチに言い訳めいたことを言ってから、トイレの横のゴミ箱に肉団子をパックごとこっそり捨てた。


翌日は、ポチのダンボールの横に春巻きが入ったパックが置かれていた。しかも、丁寧にビニールシートまで置かれていて、

「立ったまま食べるとおいしくないから、これに座ってゆっくり食べてください」

と、貼り紙がしてあった。

「座ろうが、寝転がろうが、放置された食べ物の危険性は変わらないんだけどなあ」

私はぼやきながらも、ビニールシートの上に腰を下ろした。春巻きはまだ温かく、しいたけやらたけのこやらのいいにおいがする。

「春巻きは大好きなのに」

私はポチにビスコをやりながら、つぶやいた。もう八時近くでおなかもすいている

し、春巻きはこんがりしてとてもおいしそうだ。でも、やっぱり草むらの上に置かれたものを食べるのは難しい。それに、あの男の子の届けるものを無頓着《むとんちゃく》に食べられるほど、親しくもない。

「今日もゴミ箱行きかなあ」

ポチはビスコを食べることに夢中で、私の話など聞いていない。

「あーあ。あの子が勝手に中華置いていくから、すごい迷惑だよね」

私は一人でそう言いながら、またゴミ箱へ向かった。食べ物を捨てることには、罪悪感を覚える。あの男の子のせいで、そんな思いをしなくてはいけないなんて。これこそ、まさにありがた迷惑、余計なおせっかいだ。

その翌日は夕立が降った。ビルの中にいてもわかるくらい、激しい雨だった。こんなに雨が降ったら、中華料理も置かれていないだろう。私は少し安心して雨上がりのしっとりした公園をポチの元へ向かった。

ところが、ぐっしょり濡れた草の上には、いつもと同じように中華が置かれていた。今日はかに玉だ。

「普通、こんな濡れた地べたの上に置かれたもの、食べないって」

男の子は、夕立が来たことを知らないのだろうか。そうだったとしても、草むらが濡れているのだ。こんなところに食べ物を置くことに躊躇《ちゅうちょ》するはずだ。それとも、ポチと一緒にいるから、私のことも犬の一種だと思っているのだろうか。

「まったく、やれやれだよ」

ポチのダンボールの中も濡れている。私はダンボールからバスタオルを取り出して、しっかりしぼってやった。

「今日も捨ててしまわないといけないのか」

小さくため息をつきながら、パックを手にした私はまたもや貼り紙を見つけた。

「三回、中華を届けましたが、久永さんはどれが一番好きですか？　今度はリクエストに応《こた》えます」

と書いてあり、その下には、答えを書くためか、四角い空欄が添えられている。

「本当、わかってないなあ」

私は鞄の中からボールペンを取り出すと、大きなバツを空欄いっぱいに書いておいた。

次の日、ポチの元へ行くと、男の子が待っていた。

「このバツってどういう意味？」

男の子は私の顔を見るなり、貼り紙を掲げて見せた。

「どういう意味って？」

「これだけバツが大きいってことは、どれも最悪にまずかったってこと？」

「まずいかどうかは知らないけど」

ポチは私たち二人がそろったのが嬉しいのか、ダンボールの中からキャンキャンと細かい鳴き声をあげた。

「知らないって、どういうこと？」

「どれも食べてないんだって」

「え？　どうして？　まさか中華嫌いだったの？」

男の子は本気で驚いているようだ。本当にわかっていない子だ。私はいらいらしながら、

「別に好きでも嫌いでもないけど、普通食べないでしょう？」

と、答えた。

「えー、中華って、普通に食べるじゃん？　もしかして本格中華だって言ったから気を遣った？」

「違うわよ。中華じゃなくて、放置されたものを普通食べないの。こんな草むらの上に置かれた物を食べられる？」

私は地面を手のひらでとんとんとたたいて見せた。

「まあ、俺は食べたことないけど、食べられないのかなあ」

男の子は無責任に言う。

「こんなところに置かれた食べ物って、衛生的にも安全面でも大いに問題ありでしょう？　知らない間に悪いやつが何か入れるかもしれないし、虫だって絶対たかってるし」

「そっか。そう言われたらそうだね」

「そうなのよ。こうやって毎日置かれて、捨てる手間ばっかりかかって逆にすごい迷惑だったんだけど」

私の声はついつい大きくなった。

「そっか。本当だ。それはすいませんでした。俺、そこまで考えてなかった」

男の子は私のきつい言葉に、傷ついたふうでも気分を害したふうでもなく、素直に頭を下げた。

「久永さんにポチリンにえさをあげてもらってる分、俺も何かしなくちゃなって思って。ほら、一緒にシェアしてるわけだからさ。それで、単純にポチリンにやってた中華を久永さんにって思ったんだけど、あーあー、まったく失敗だったな」
男の子は頭をくしゃくしゃとかきむしった。無造作な髪の毛がさらにぼさぼさになる。本当にがっかりしたような男の子を見ていると、私はダイスケのことを思い出した。

私の帰りが遅い時、たまにダイスケが夕飯を作っておいてくれることがあった。焼きそばとか野菜炒めとかチャーハンとか、何かを炒めるといった簡単なものだ。もちろん最初は少し感謝したけど、だんだん困るようになってきた。ダイスケに料理を作られると、後始末が大変なのだ。細かい野菜くずがそこら中に飛び散っていたり、鍋を焦がしてこびりつかせていたり。それに、考えなしに材料を使うから、計画立てて買ったものがなくなって次の日の献立に困ったりした。帰りが遅くて仕事で疲れていたとしても、自分で適当なものを作って片付けるほうが、よっぽど能率が良かった。

「もう、いいって言ってるのに」

そう怒ると、ダイスケは「喜ぶと思ったんだけど」と、本当に悲しそうな顔をした。がっかりした顔。この男の子と一緒だ。もう少し、気持ちを汲《く》んであげるべきだったのかもしれない。そんなことを思い出していると、胸が少し痛んだ。

「あ、だけど、ビニールシートはよかったよ。いつもポチの横でしゃがんでて、足とか痛いなあって思ってたから、これは使えた」

「そうですか。それって、勉強も運動もできないけど、給食を食べるのだけは早いね、ってほめられてる小学生みたいで、あんまり嬉しくもないけど」

男の子はがっくりしたまま、わけのわからないたとえをした。

「そんなしょげないでよ。そうだ、ね、ビスコ食べない？」

私は鞄の中からビスコを取り出し、ビニールシートを広げ、ポチもダンボールから出してやった。

「捨てるのが手間だったとはいえ、いつももらってばかりで悪いし。みんなで食べようよ。ビスコって、おいしい上に強くなれるからすごくいいよ」

ビスコを渡してやると、男の子もポチも嬉しそうにさっそくほおばった。

「それにしても、どうして中華料理？」

私も男の子の横に腰を下ろして、ビスコを口に入れた。ビニールシートの下の土はまだ昨日の雨を蓄えているのか、しっとりしている。

「そりゃ俺、中華料理屋でバイトしてるから。ほら、公園の前の筋を右に入ったところに春風亭ってあるだろ？　そこ。それで、バイト帰りにポチリンのところに持ってきてたんだ」

「なるほど」

「俺、一人暮らしだし、親父さんが家帰って食べなって残り物くれるんだよね」

「へえ。いい人だねえ。っていうか、一人暮らしにアルバイトって、フリーターってやつ？」

私の質問に、男の子は首を振りながら笑った。

「違うよ。俺は学生の上にバイトまでしてるんだ」

「ふうん」

「そういう久永さんは？　ＯＬ？」

「まあ、そうだけど」

「ってことは、マダムとかセレブとかお局《つぼね》とかで分類すると何になるの？」

男の子の言葉に、今度は私が笑いながら首を振った。

「なんだろうなあ。一度結婚したけど離婚しちゃったし、三十三歳で部署の中では三番目に年とってるからお局だろうし。金持ちじゃないけど借金もないし、洋服はイオンで買うこともあるけど、パンはスーパーじゃなくて焼きたてのをパン屋で買うからセレブかな」

「かなり庶民的なセレブだな」

男の子はケタケタと笑った。

「セレブってもっとすごいのかな？」

私も一緒に笑って、フリーターでもセレブでもないポチはご機嫌に吠えた。

三人で草むらに並んで、ビスコを食べる。つい何日か前は暑い暑いと連発していたのに、日が沈めばこんなにも涼しい。桜の木越しに見える夜空は、昨日の雨のおかげでとてもきれいだった。

5

九月に入り、公園の木の葉の鮮やかさも少しトーンダウンしてきた。

それと同時に、私と内村君も少しずつ時間が合うようになってきた。別に誘い合わせたわけじゃないけど、私の帰る時間が少し早くなって内村君がバイトを上がる時間が少し遅くなった。

ついでに、私たちの居場所も快適になりつつあった。

まず、内村君の持ってきたビニールシート。これはヒットだった。草むらの上で洋服が汚れることを気にせずのんびり座れるし、ポチもビニールシートの上をパタパタ歩くことを気に入っていた。

私が持ってきた懐中電灯。これはほとんど出番がなかった。人気のない夜といっても、真っ暗になることはない。目さえ慣れればほとんどのものを見ることができたし、公園の外灯と月明かりで十分だった。

それと、内村君が中華料理を入れてきた容器で作ったポチ用の水飲み容器。これも便利だった。いつでも水が飲めてポチも喜んでいた。

仕事が早めに終わった夜、めったに出番のない懐中電灯を活用してポチの隣で本を読んでいると、内村君がやってきた。

「お疲れっす。わざわざこんなところで、何読んでるの?」

「犬のしつけの本だよ。ポチに少しでも芸を教えようかなって」

「まじで?」

内村君は私に料理の入ったパックを手渡しながら、横に座り込むとポチを抱きかかえた。ポチは定位置の内村君のひざの上に、気持ちよさそうに収まっている。

「今日は何?」

「酢豚。うちのはパイナップルが入ってないからおいしいよ」

内村君は自慢げに言った。

「私パイナップル嫌いだなんて言ってないのに」

「そうなの？　酢豚のパイナップルはみんなに嫌われてるのかと思ってた。でも、うちはさ、パイナップルの代わりにカシューナッツ入れてるんだけど、それが歯ごたえ良くておいしいんだよね」

内村君はいつもバイト先の中華料理のＰＲをする。そして、内村君のＰＲは結構的《まと》を射ている。

「本当？　そりゃ楽しみ」

最近では、ポチがビスコを食べている間、私は内村君と一緒に中華料理を食べるようになった。どうせ帰って一人で夕飯を食べるのだ。ここで済ませたほうが、手っ取り早い。内村君の働いている店の中華は、油っこかったり味が濃かったりするけど、おじさんが一生懸命作っているのがわかる味だった。雑多なみんなのための中華料理。パイナップルの代わりにカシューナッツが入った酢豚はとてもおいしかった。

「で、何を教えようとしてたの？」

内村君が私に訊いて、ポチも同じようにくうんと声を出す。

「とりあえずはお手とおかわりとお座りぐらいかな」

「そりゃまた。大変だな」

内村君はポチの頭をなでた。

「そうかなあ。それぐらいポチならすぐ覚えられるよ」

「だけど、犬の記憶って、数秒しかもたないんだよ」

「何それ？　初耳」

「だから、繰り返し繰り返し教えないとだめなんだって。忠犬ポチリンでも、こんな夜に一時間ほど一緒にいるだけの、俺たちの言うことなんてなかなか覚えられないよ」

「そっか。じゃあ、一つずつ根気強く教えていくとするか。大人になる時には、賢い犬になるようにね」

私が内村君のひざにのっかったポチにそう言うと、内村君が驚いた声を出した。

「大人になる時って、久永さん、ポチリンはもう相当おばあちゃんだよ」

「え!?　こんなに小さいのに？」

そんなの私のほうが驚きだ。ポチはまだ軽く抱き上げられるほど小さい。

「こんなに小さいのにって、ポチリンはマルチーズだから、これ以上大きくならないよ」

「うそ。てっきり、名犬ジョリィみたいに育っていくのかと思ってた」

犬に詳しくない私は、毛が白く耳がたれているから、ポチを昔アニメで見ていた「名犬ジョリィ」と同じ種類だと思い込んでいたのだ。

「そんなばかな。ジョリィって、グレート・ピレニーズだろう？　ポチリンがジョリィみたいに巨大になったら、俺たち踏み潰されちゃうよ」

内村君はひざをたたきながら、げらげら笑った。

「捨て犬だったから、生まれた直後に捨てられたのかと思った。でも、マルチーズだっていうのはわかったけど、どうしてポチが年寄りだってわかるの？」

私はまだ納得できず、訊いてみた。

「どうしてって、動きが鈍いし、ほら、よだれも目やにもいっぱい出るだろう？」

「それっておばあちゃんだからなの？」

「そう。おばあちゃんだからなの」

「内村君って、犬に詳しいんだね」

ポチの性別も種類もわからなかった私は、すっかり感心した。

「俺、小さいころ犬飼ってたしね。小型犬は、もっと騒がしいものだもん」

「そっか……。ってことは、もしかして、ポチって、もうすぐ死ぬの？」

「そうだろうね」

内村君はすんなり認めた。

「もうすぐ死んじゃうんだから、気楽に過ごさせてやろうよ。お手を覚えても生かすところないしさ」

内村君の言うことはとても正しいことのように思えた。とぼけて見えて案外信頼できるやつなのかもしれない。

「そうだね」

静かな秋の夜。少しでもポチが長生きできますように。私は夜空にちょっと祈ってみた。

6

ポチの余命が短いと知った私は、土曜日もポチのところへ行くことにした。最期《さいご》が近いのなら少しでも面倒を見てやりたい。

日が翳《かげ》りだした夕方、公園へ向かう。朝早く急ぎ足で通るのと、帰りに暗くなってからしか来ることがなかったけど、夕方の公園はすごくいい。落ちはじめた西日に照らされて、あちこちに影ができ、草むらも日の光を浴びてオレンジがかっている。

草むらのほうへ近づくと、内村君がしゃがみこんでいるのが見えた。何か探し物でもしてるのだろうか。じっと下を向いている。

「何してるの？」

「お、こんちは」

内村君が私に気づいて顔を上げた。スコップと紙袋を持っている。糞《ふん》の始末だ。

「そっか。そうだ……」

そんなことまるっきり忘れていた。ポチの元に通いはじめて一ヶ月近く、私は糞の片付けをしたことが一度もなかった。

「まさか、犬はうんこしないと思ってたの？」

内村君は笑いながら私に糞を見せてきた。

「アイドルだって、犬だって、うんこをするんだぜ」

「そんなこと知ってるけど、気づかなかった」

「久永さん来るの、夜だもんね」

「いつも、片付けてくれてたんだ」

「まあ、バイト行く前のついでだからさ」

内村君は器用に糞を片付けると、ゴミ箱へシュートを決めた。

私はありがたいような申し訳ないような気持ちになって、公園の入り口の自動販売機に向かった。飲み物でもごちそうしようと思ったのだ。

「ご苦労さま。まあ、これでも飲んで」

そう言って、私がコーラを手渡すと内村君が顔をしかめた。

「げ。コーラかあ」

「何、いやなの？」

「俺、炭酸飲めないんだよね」

「学生のくせに？」

私は自分の分のコーラを開けながら言った。

「学生のくせにって、関係ないじゃん」

「大学生はみんなコーラ好きなんじゃないの？　アウトドアして、サークル行って、バーベキューしては、コーラばっかり飲んでるんでしょう？」

私の言葉に内村君は、

「勝手にイメージ作って、勝手に決めるんだもん。いやになるよ」

と、顔をしかめながら笑った。

「そっか。ごめん。じゃあ、何か他のを買ってくる」

「いいよ。飲む飲む」

「でも、炭酸だめなんでしょう?」

「せっかく買ってもらったのに悪いじゃん」

「無理しなくていいのに」

「無理しないよ。こうやって振って、炭酸抜けてから飲む」

内村君は缶を開けると、静かにコーラを振りはじめた。

「なるほど。賢いね」

「だろう?」

私もコーラを振ってみた。炭酸は好きだけど、内村君の様子を見ていると楽しそうで何だかまねしてみたくなった。

ごくたまにダイスケが私に何かを買ってくれることがあった。洋服だったり、ハンカチだったり。けれど、ダイスケはセンスがなく私は始末に困った。洋服やバッグだけでなく、タオルにしてもティッシュペーパー一つにしても、ダイスケの買ってくるものはいまいちのものばかりだった。そのたびに、私は文句を言い返品に行くことすらあった。

こんなふうに寄り添うことができたら、もっとダイスケともうまくやれたかもしれない。趣味の悪いタオルだって使い道があったはずだ。コーラの炭酸を抜きながら、そんなことを思い出した。

「よし、もういいだろう。飲もう」

内村君の合図で、私たちはコーラを飲んだ。気の抜けたコーラは、甘いだけの水になっていたけど、なんとか飲めた。

「まあ、まずくはないね」

「うん。お子様用コーラとして、売り出そうかな」

「絶対売れないだろうけどね」

甘ったるいコーラを飲む私たちのそばで、ポチは静かに座っていた。夕焼けの下で見ると、ポチが弱っているのがよくわかった。

「本当に、ポチはおばあちゃんだったんだね」

私がそう言うと、内村君は静かに「そうだね」とうなずいた。

7

九月も終わりかけたころ、ポチが死んだ。ダンボールの中でぐったりと眠っていた。

私と内村君は、二人で深い穴を掘った。何も話さず、手が汚れるのも気にせず、暗い草むらでせっせと穴を掘った。

「犬って、土葬でいいのかな」

掘り終えた穴を見て、内村君が言った。

「木の根元に埋めるといいらしいよ。特に桜の木」

「そうなんだ」

私たちは二人で静かにそっとポチを穴の中へ入れた。

埋葬なんて、一人だと悲しかったり苦しかったりする作業かもしれないけど、二人で一緒にやると不思議と悲しくはなかった。それどころか、最期までポチを見ることができて、こうやって自分たちの手でポチのための穴を掘ることができて、満たされたような温かい気持ちになった。

二人で「さよなら」「ゆっくり休んでね」などと言いながら、ポチに土をかぶせた。

いつか内村君が、「マルチーズは昔フランスで病気を癒す効果があるって、貴族の間で重宝がられてたんだよ」と、雑学を披露していたけど、そうかもしれない。どんどん土の中に隠れていくポチを見ていると、そう思った。ここでこうやってポチの面倒を見ている時、私はやっぱり楽しかった。

「終わっちゃったな」

土を手で固めて、穴を完全にふさいだ内村君が言った。

「本当、終わっちゃったね」

私も同じように言った。

「俺たちって、結構いいコンビだったよな」

「それは言えてる。きっと私一人だったら、ポチを名犬ジョリィになるまで、育てようとしてたかもしれない」

「俺も。久永さんがいなかったら、毎日ポチリンに中華料理食べさせて、油まみれの肥満犬にしてたな」

「どっちにしても大変だったね」

「ポチリンも、俺たちが二人そろっててよかったんだな」

私たちはそう笑いあった。

「また、何かシェアしよう」

内村君が言った。

「また、何か飼う？」

「そうじゃないけど」

なんとなく内村君の言いたいことはわかる。私もたぶん同じようなことを思っている。もう少し共有したい。ただ、どうすればいいのか、どうしたいのかはよくわからない。十歳以上年が離れているし、内村君は学生で私は社会人だ。

「どうすればいいかは、また明日ビスコでも食べながら考えよう」

面倒になったのか、のんきに内村君が言った。

「そうだね。二人で知恵を出しあえば、なんとかなるかな」

「うん。じゃあ、明日」

「うん。またね」

夜空にはまんまるい月が浮かんでいる。ポチリンのお墓に手を合わせて、私たちは公園を後にした。

デートまでの道のり

1

「先生は卵焼き作れんのか？」

　昼寝を終え、絵本と数の勉強の時間が終わり、ようやくほっとできる遊びの時間。後は保護者が迎えに来るまで自由にできる。みんなが遊具のほうへ走っていくのを見送ってから、カンちゃんは私に近づいてきた。

「どうしたの？」

　私はしゃがんで目線をカンちゃんの目の高さに合わせた。カンちゃんはそれがうっとうしいようで一歩後ろへ下がった。

「だから、先生は卵焼き作れんのかって訊いてるの」

「卵焼き？」

　私は微笑んで首をかしげて見せる。少しでも長く会話をしようという努力だ。

「卵焼きも知らんの？　卵をくるくるまいて固めるやつ」

カンちゃんは偉そうに眉をひそめた。

「ああ、卵焼きね。知ってるよ。もちろん作れるよ」

「ふうん。先生が作るんは、甘いんか辛いんか、どっち?」

この質問は難しい。どっちを選ぶべきだろう。脩平《しゅうへい》さんに、水原家の卵焼きの味付けまで聞いてなかった。私は今度は本気で首をかしげた。ここで正しい選択をしておかないと、また溝が深まる。やっぱり子どもだ。なんでも甘めのほうがいいだろう。私はおそるおそる、

「どっちかって言うと、甘めかな」

と、答えた。本当は卵焼きにしてもうどんのだしにしても、甘いのは苦手なのだけど。

「ふうん。うそつけ」

カンちゃんはそう言い捨てて、ジャングルジムのほうへ走っていった。まだ夏が始まったばかりなのに、もう真っ黒に焼けた足がまっすぐに伸びている。カンちゃんは高いところが大好きだ。みんなに声をかけながら、ひょいひょいとジャングルジムを難なく登っていく。

また失敗したようだ。私は大きくため息をついて、子どもたちが集まっている砂場

へと向かった。砂場は大きな木の陰になっていて、西日が差す園庭の中でもひんやりと涼しい。

私は短大を出てすぐ、私立の「光の森保育園」で働きはじめた。今は五歳児の年長組を受け持っている。保育園といっても、カリキュラムがしっかりしていて英才教育が施される幼児教室のようなところだ。歌やお遊戯をするのは当たり前で、簡単な英会話に算数や国語の時間までもが組み込まれている。本当はのびのびとした公立の保育所で働きたいと思っていたけど、子どもが少ない今、保育所への就職はなかなか難しい。選《よ》り好《この》みをしていては職にありつけない。どんなところであれ働けるのはありがたいと思わないといけない。

健康づくりのためにと毎週水曜日にパンツ一枚で過ごさせることや、月に一度園長先生の前で学習発表会があり事細かにチェックを受けることなど、いまだにおろおろすることもあるけど、保育士の仕事自体はこなせるようになってきた。何より、子どもはかわいい。三歳から五歳くらいの子どもは本当に天使なんだと思う。

「ほら、先生うんち」

砂で細長い団子を作った卓也君が嬉しそうに見せてきた。

「こっちのほうが大きいうんち」

げらげら笑いながら雄太君も泥団子を掲げた。

「すごいねえ。でも、うんちはちょっと汚いから、もっといいもの作ろうよ」

私が肩をすくめると、

「先生、こっちも見てよ。ほら、どろどろうんち」

と、かわいく髪の毛をリボンで結んでいる真奈美ちゃんまでが砂団子に水をかけながらキャッキャと喜びはじめた。真奈美ちゃんの高い声に、砂場にいた子どもたちがいっせいに、

「うんち、うんち」

と、手をたたきながら合唱を始めた。

いつもの光景だ。子どもたちはことあるごとに、「うんち」と口にしたがる。朝のお歌はぜんぜん上達しないけど、うんちの合唱はすぐに決まる。練習などしていないのに、子どもたちの歌声はぴったりそろっている。

短大の教育心理学の授業で、幼児期の子どもが自分の排泄物に愛着を持つのは自己愛の一種だって習ったけど、とてもそんな高尚なものには思えない。子どもたちは言葉の響きと、周りの人間の嫌がる顔を喜んでいるだけだ。毎日、フラッシュカードや

パズルなどいろんな教材を駆使して子どもに学習させているけど、いっそのことなんでもうんちやおしっこにかこつけて教えれば、すぐに覚えられるんじゃないだろうか。

「ほら、もうやめて。静かに！」

お迎えの保護者が来るのが見えて、うんちの合唱をのんきに聞いていた私は、あわてて注意をした。

四時半を回ると、お迎えのお母さんやお父さんがぽつぽつとやってくる。今日の最初のお迎えは雄太君のお母さんだ。

「あっ！　お母さん！」

うんちの合唱を率先して行っていたくせに、雄太君はお母さんの姿を見つけると、すっくと立ち上がって走っていった。もう、頭のどこにもうんちのことはない。子どもの切り替えは、いつも早い。

「こんばんは。ご苦労様です。ほら、雄太君、手を洗って、鞄とっておいで」

私はお母さんに頭を下げてから、雄太君に言った。

「はい！」

雄太君ははっきりと返事をすると、猛スピードで鞄を取りに教室へ戻っていった。お母さんの前では、雄太君は大いに張り切る。

子どもたちはみんな、親の前と保育園の中では違う。親がいるほうが甘えて駄々をこねる子もいるし、親の前では聞き分けがいい子もいる。いずれにしても、みんな親を待ち望んでいる。友達とどんなに盛り上がって遊んでいても、早く迎えに来てほしがっている。

もう少し保育園が居心地よかったらな。朝見送られる時に絶望的な顔をする子どもや、お迎えを心待ちにしている子どもの切実な顔を見ていると、そう思う。

雄太君のお母さんの次は真奈美ちゃんのお母さんだ。勘の鋭い真奈美ちゃんはお母さんが門をくぐる前に手を洗いに行った。それに引き続いて卓也君のおばあちゃんも入ってきた。

門に近い砂場で遊ぶ子どもたちのお迎えは早い。延長保育が始まる五時までに迎えに来てもらえる子どもたちばかりだ。それに比べて、ジャングルジムの子どもたちのお迎えは遅い。

カンちゃんを含め、延長保育の子どもたちはまずジャングルジムやすべり台で遊ぶ。そして、疲れてきたら砂場へ移り、最終的には教室で積み木をしたり絵本を読んだりして過ごす。親を待つ時間が長いから、それなりの自分たちのプログラムがあるのだ。

五時三十分からは、私たち職員と入れ替わって、パートのおばさんが延長保育にきてくれるから、残っている子どもたちの姿を見ることはめったにない。だけど、一人減り二人減り、最後になるのはきっとたまらないはずだ。

砂場で遊んでいた子どもたちがほとんどいなくなると、カンちゃんはスコップとバケツを出して砂場へ入ってきた。どうやら大作を作るようだ。カンちゃんは案外器用で、砂で山やトンネルや家を作るのがうまい。今日はこの間、完成間近で失敗したタワーに再挑戦するようだ。

でも、今日のカンちゃんのお迎えは早い。脩平さんは五時過ぎには来ると言っていた。せっかく大作を作っても、完成できないだろう。もったいないから、止めてあげたほうがいいかもしれない。

「ねえ、今日はもっと簡単なの作ろうよ」

私はカンちゃんの前にしゃがみ込んだ。

「どうして?」

「どうしてってさ」

脩平さんは今日早く帰れることをカンちゃんには伝えてないのだろうか。

「今日お父さん、早く迎えに来そうな気がするんだけど」

「どうしてそんなこと先生が知ってんの?」

「勘だよ勘。カンちゃんのお父さんって、水曜日って早いことが多いしさ」

「ふうん」

カンちゃんは私の顔を探るように見た。

「先生の勘って結構当たるんだよ。だからさ、今日は簡単に山でも作っておこうよ」

「ふうん」

カンちゃんは気のない返事をすると、私のアドバイスをさらりと流してタワー作りをはじめた。真剣に砂を水で固めるカンちゃんを見てると気の毒な気がしたけど、どうせ私の言うことなど聞きはしないのだ。私はカンちゃんを気にすることをやめて、緑ちゃんや亜由美ちゃんと一緒に、砂団子作りを始めた。


脩平さんと初めて会ったのは、一年と少し前だ。カンちゃんが年中組になって、私が受け持つことになった。カンちゃんは生まれてすぐにお母さんを亡くしている。最初はおばあちゃんが送り迎えをしていたけど、おばあちゃんが腰を悪くしたとかで、途中からお父さんが迎えに来ることになったのだ。

今の時代、父子家庭も多いし、お母さんのほうが仕事が忙しい家もある。だから、お父さんのお迎えもめずらしいことではなかった。だけど、脩平さんは目立っていた。

すらりと背が高くてスーツをきちんと着ていて、保育園の中にいると浮いて見えた。若く見えるというわけではなかったけど、子持ちという雰囲気はまるでなかった。ところが、自分の子どもを見つけたとたん、脩平さんはがらりと変わった。脩平さんはいつも、「おお、幹二」と、何年ぶりかに息子に会うかのように、大きく手を広げてわが子を迎えいれる。カンちゃんのほうは、面倒くさそうに、でも、やっぱり嬉しそうに父親へと近づく。感動しながらカンちゃんを迎えに来る脩平さんは、生粋《きっすい》の「お父さん」という感じだった。

「今日も良い子にしていたか？」

脩平さんはだいたいそう訊く。カンちゃんはたいして良い子にはしていないのだけど、「まあね」と返事をする。すると、脩平さんは大満足してカンちゃんを抱きしめる。毎回見るその様子は滑稽《こっけい》で笑えたけど、すごくいいなと思えた。

奥さんがいないことがかわいそうだという気持ちや男二人の暮らしは大変だろうなという気持ちで惹《ひ》かれた部分もある。けれど、一目ぼれに近かった。こういう人が私の理想だったんだ。そう思った。

脩平さんに近づくまでは、カンちゃんは頼りになった。

「ちょっと、カンちゃんのことでお話ししたいことがあるんです」

そんなことを言いながら、迎えにきた脩平さんを園児室まで呼び出したりした。実際、カンちゃんはしょっちゅう問題を起こしてくれた。保育園で飼ってるウサギを逃がしたり、カンちゃん自身が保育園から逃亡したり、昼寝をしているほかの園児の顔に落書きをしたりした。カンちゃんは十日に一回は何かをやらかし、それをきっかけに脩平さんと二人で話をすることができた。

何度か話をするうちに、脩平さんと子どもに対する見方が似てるなと感じた。基本的に何でもやらせてみるところとか、ついつい可能性を信じすぎてしまうところとか。そして、それは私たちにとっては大きなことだった。私たちは毎日朝や夕方に顔を合わせるうちに、いくつか話をかわすうちに、ゆっくり親しくなっていった。今まで恋愛をしたこともあるけど、こんなふうにのんびりと間を深めていったことはない。焦ることも不安を感じることもなく、私たちは関係を築いていくことができた。

だけど、脩平さんに近づいてしまった今、逆にカンちゃんに近づくことが難しくなっていた。

脩平さんと付き合う前から、カンちゃんは私にそれほどなついていなかった。だいたい大人が好きではないのか、カンちゃんは私以外の保育士とも距離をとっていた。子どもがみんな人なつっこいわけではないし、カンちゃんみたいになつかない子もおとなしい子もいる。だから、気にもしていなかったのだけど、脩平さんと完全に恋人同士になった今は、それでは困る。もう少し距離をうめなくてはいけない。

「ほら、カンちゃん、お父さんが来たよ」

私に言われて、カンちゃんは顔を上げて脩平さんが入ってくるのを確かめると、また砂をいじり始めた。

別に待ってないもんね、というのが最近のカンちゃんのスタイルだ。本当は嬉しいくせにまだ遊びたいようなふりをする。

「おお、幹一。今日も無事だったか？」

脩平さんはカンちゃんのスタイルを無視して、カンちゃんのそばに行くと一気に抱き上げる。カンちゃんの手にも足にも砂がいっぱいついているから、脩平さんのスーツはすっかり汚くなる。

「無事だよ。無事」

カンちゃんは脩平さんの腕からうっとうしそうに逃れると、鞄を取りに教室へと向かった。

「お疲れ様」

カンちゃんが教室に入ったのを見てから、私は脩平さんに言った。

「祥子《しょうこ》先生こそお疲れ様。今日の幹一お坊ちゃんはいかがでしたか？」

「いつもどおりだよ」

私が言うと、脩平さんは「まったくお世話かけます」と肩をすくめて笑った。

「今日は何にするの？」

「夕飯？　今日は久々にまじめに作ろうかなって。昨日四日連続でカレーを食べさせたら、さすがに幹一にぐずつかれてさ。あーあーこれだからお父さんだけだとだめなんだよねえって、一人前に言うんだぜ」

脩平さんは昨晩のことを思い出してか、くっくっと笑った。

「カンちゃんらしいね。あれ？　また遅いなあ……。ちょっと待ってて」

私はなかなか出てこないカンちゃんを呼びに教室に向かった。どんな子どもでもお迎えが来たらさっさと帰ろうとするのに、カンちゃんは帰り支度が遅い。いつも私がせかしに行くまで、教室で鞄をだらだらといじっている。

「ほら、せっかくお父さん早く来てくれたんだから、早く帰ろうよ」

私が教室の中をのぞき込んで言うと、カンちゃんは、

「わかってるって」

と、面倒くさそうに立ち上がった。

2

私たちが会うのは、カンちゃんがスイミングスクールに行ってる日曜日の午後がほとんどだ。カンちゃんはスイミングスクールの後、夕方までおばあちゃんの家で過ごす。だから、日曜日は二人で過ごす時間ができる。

「そんなこと、いいって」

ソファの上に積み上げられた洗濯物を畳もうとして、脩平さんに止められた。

水原家のリビングは一応片付いては見えるのだけど、その片付け方は大胆で、なんでも大きなかごにぶち込んでいるだけだ。せっかく洗濯したものもぐちゃぐちゃになるのに。かごの下のほうに押し込まれたカンちゃんの帽子を見て、私はため息をついた。脩平さんとカンちゃん二人の関係を見ていると母親の必要性は感じないけど、家の中を見るとやっぱり女手はいるのだなあと思ってしまう。

「このままにしておいたら、せっかく洗濯したのにまたしわがつくよ」

「いいんだって。それがまたおしゃれなんだって」

脩平さんはソファの上の洗濯物を、私の手が届かないベッドの上に移動させた。脩平さんは、私が水原家の事をするのをあまり好まない。

「そんなことのために、付き合ってるんじゃないから」

と、脩平さんは言う。変なところで、子持ちであることに気兼ねしている。「普通の恋人だって、彼氏の家、片付けることあるのに」と言ってもなかなか納得しない。

「それより、おやつにしよう」

脩平さんは冷蔵庫からヨーグルトを出してきた。脩平さんは誰かが来ると、すぐ「おやつ」にしたがる。子どもがいる証拠だ。

りんご味の甘いお子様ヨーグルト。それを機関車トーマスのプラスティックのスプーンで食べる。甘い食べ物は好きじゃないけど、こういう愉快なものをごく日常で食べられるのって、子どもと関わっている特権だと思う。

「そろそろさ、三人でどっか遊びに行くっていうのもいいんじゃないかな」

脩平さんがスプーンを口に入れたままで言った。カンちゃんの仕草《しぐさ》がうつっている。

「まだだめだよ」

「そうかなあ」

「そうだよ。私、カンちゃんと仲良くなってないもん」

「そう思ってるの、祥子先生だけだと思うけど」

　脩平さんはいまだに私のことを祥子先生と呼ぶ。

「残念だけど、カンちゃん、まるで私になついてないんだ」

「幹一はああいうタイプなんだって。それに、三人で会ったりしたほうが早く親しくなれるんじゃない？　みんなで日曜日に遊園地でも行ってさ」

　半年ぐらい前から、同じような提案が度々なされていた。秘密を持つのが苦手な脩平さんは、早く私たちのことをカンちゃんに話してしまいたいのだ。だけど、まだだめだ。先生としてもなじんでいない私のことを、カンちゃんが母親だと思えるわけがない。

「まず、保育士としてもっと近づいてからじゃないと」

「もっと、軽い感じでいいんじゃないの」

「だめだめ。私、二年もカンちゃんの担任やってるんだよ。それなのに、全然打ち解けてない。もう少しカンちゃんに心を開いてもらわないと……。私たちのことはそれからだよ」

「保育士って、大変なんだなあ」

「相手が子どもとなると難しいんだよね。大人をひきつけるのは簡単なのに。子どもには色気も涙も通用しないからなあ」

　私がそうぼやくと、

「祥子先生には色気や涙なんてもともとないじゃない。それに、そんな難しく考えなくても、幹一なんてアイスクリーム一つですぐ落ちるよ。チョコチップの入ったやつな」

　と、脩平さんは笑った。

「落ちてるのはアイス食べてる間だけでしょう？」

「これが結構もつんだって。チョコチップアイス買ってやるって言ったら、三日間も、注意する前にちゃんと歯磨きをしてたよ。バニラアイスのときは一日しか効かなかったけど」

　脩平さんは愉快そうに話す。そんな交換条件がずるくなく成り立つのは、脩平さんとカンちゃんが良い関係だからだ。

「保育園ではアイスは使えないよ」

「まあまあ。そんな深刻な顔しないで。ほら、幹一、最近良い子になっただろう？きっと、担任の祥子先生の教育が良いからだよ」

「そうかなあ……」

「女の子の鞄に蛙《かえる》も入れなくなったし、園長先生の車に泥団子も投げなくなったし。まさに模範園児じゃないか」

脩平さんの言葉に私は吹き出した。

蛙や泥団子を使わなくなっただけで、カンちゃんは模範園児ではない。昨日は給食のピーマンをこっそり隣の子の皿に突っ込んでいたし、お遊戯だって歌だっていい加減だ。ただ、前より少し利口になって、いたずらのレベルを親に話される手前で止めているだけだった。

脩平さんといると、いろいろな問題がふわふわになっていく。ま、いいか、と思えてしまう。園長先生からの圧迫や、口うるさい保護者のことも、脩平さんに話すだけでどうでもいいことのように思えた。カンちゃんのことはそんなに簡単に溶けてしまいそうにはないけど、とりあえずがんばってみるしかない。

3

今日の給食は、ミニハンバーグと目玉焼き。それにメロンまでついている。そのおかげで、子どもたちのテンションも高い。野菜の煮物がメニューだった昨日は、だらだらと用意をしていたくせに、今日はさっさと手を洗ってどの子も席についている。

「いただきます」の声も、昨日の倍以上の大きさだ。

カンちゃんはメロンが大好物だ。だから、ハンバーグについているニンジンも食べている。ご飯を全部食べ終えないと、デザートは食べてはいけないと決まっているのだ。

「アイスクリームで落ちる」

パクパクとハンバーグをほおばっている子どもたちを見ていると、そういうものかもしれない気がする。いちいち難しく考えて、じっくり向き合おうとするからてこずるのだ。さっぱりからりと簡単に近づいたほうがいい。子どもは単純なのだ。

「カンちゃん、先生の分も食べる？」

私は他の子に悟られないように、こっそり自分のメロンをフォークで刺して、カンちゃんに見せた。カンちゃんは意味がわからないのか、しばらく首をかしげてから、

「いらないよ」

と、顔を背《そむ》けた。

「どうして？」

「欲しくないから」

カンちゃんはきっぱりと言うと、自分の分のメロンをぱくりと食べた。やっぱり食べ物ではつれないようだ。

「どうしたら仲良くなれるかな？」

メロン作戦があっけなく崩れ去った私は、率直にカンちゃんに尋ねてみた。

「何が？」

カンちゃんはいつもどおりうっとうしそうだ。

「先生とカンちゃん、どうやったら仲良くなれるかな」

私がもう一度質問を繰り返すと、カンちゃんは驚いたように目を丸くした。そして、

「そんなの知らない」

と、できそこないのあかんべえをして、とっとと教室を出て行ってしまった。

「どうしたの？」

「どうして、カンちゃん出て行ったの？」

まだ給食を食べていた子どもたちが驚いて、口々に言った。

「手を洗いにいったんだよ」

私は適当にごまかしたけど、私自身も意味がわからなかった。

「うそだ。手を洗いに行ったんじゃないよ。だって、カンちゃん怒ってたもんね」

「そう。あかんべしてたよ」

子どもたちは、人のことをしっかり見ている。

「先生、カンちゃんのこと怒ったの?」

真奈美ちゃんが心配そうに訊いてくる。真奈美ちゃんはカンちゃんのことが好きなのだ。

「別に先生は怒ってないよ」

「じゃあ、どうしてカンちゃんふくれてたの?」

「どうして、カンちゃんはあかんべしたの?」

「どうして、どうして」

子どもたちの「どうして」の合唱が始まった。これは正直に答えるまで収まらない。

私はしぶしぶ、

「カンちゃんに、どうやったら仲良くなれるかなって訊いたんだよ。そしたら、出て行っちゃったの」

と、白状した。

それを聞いた子どもたちは、さっきのカンちゃんと同じように目を丸くした。

「どうして?」

真奈美ちゃんがまた訊いてきた。

「どうしてって？　何か変？」

私も訊き返す。

「だって、先生とカンちゃんって、もう仲良しじゃない」

真奈美ちゃんが不思議そうに言った。

「うん。カンちゃんと先生ってすごく仲良しなのにね。変なの」

「そうだよ。仲良しなのに、仲良くしようって言うのって変だよ」

亜由美ちゃんも雄太君もそう言って、今度は「変なの」の合唱が始まった。子どもたちは何かと合唱したがる。

「もういいから。早く食べないとメロン取り上げるよ」

この脅しは効いた。子どもたちはすぐさま合唱をやめ、黙々と給食に取りかかった。

教室の中からのぞくと、カンちゃんは教室前の手洗い場で座り込んでいた。

「ねえ、カンちゃん。そんな所にいないで、部屋に入ってきてよ」

私が声をかけると、カンちゃんはにやりと笑った。

「あれ？　ご機嫌よくなったの？」

カンちゃんは私の問いかけを無視して、そばに近づいてくると手を差し出した。右手がぎゅっと握られている。

「何？　どうしたの？」

私が右手を見つめると、カンちゃんがぱっと手を開いた。

「うわあ」

カンちゃんの手の中から大きな蟬《せみ》が飛び出して、私は思わず悲鳴をあげた。

「わーい。先生びびってる！」

カンちゃんはそう茶化しながら、みんなの元へ戻っていった。せっかくおとなしくなった園児たちも、げらげらと声を立てて笑いはじめる。

すねてみたり、いたずらしたり、いったい何なんだろう。カンちゃんと仲良くなる以前に、カンちゃんの行動を理解するのにうんと時間がかかりそうだ。

私は蟬を教室から追い出しながらやれやれと肩をすくめた。

4

朝、脩平さんから欠席連絡があった。カンちゃんが体調を崩したらしい。

「どうも調子悪くて。熱が下がらなくてさ」

「大丈夫なの？」

「たぶん、たいしたことはないだろうけど、とりあえず一日休ませるわ」

たいしたことないと言いながら、脩平さんの声は不安そうで落ち着かない。

「誰かに見てもらえるの？」

「ああ、日中は、お袋のところに預けに行くし」

「そっか。あ、ああ、そうですね。お大事にしてあげてください」

私は他の先生が職員室に入ってきたのを感じて、口調を変えた。

「うん。お大事にするけどさ、良かったら、仕事終わったら見舞いに来てやってよ」

「え？」

「俺も今日は早く帰るし、祥子先生がいやじゃなかったらだけど」

「ああ、ええ。わかりました」

私はふっと一息ついてから、受話器を下ろした。

確かに昨日の夕方から、カンちゃんは元気がなかった。ジャングルジムには登らず、すべり台でゆっくり遊んでいたし、砂場でも何も作らず穴ばかり掘っていた。きっと、あの時から体調が悪かったんだろう。

カンちゃんのいない保育園は、やっぱり寂しかった。私の担任する年長組は、十二人しか園児がいない。子どものパワーは大きい。一人休むだけで、教室ががらんとして見える。

「カンちゃんがいないと寂しいね」

真奈美ちゃんが本当に悲しそうな顔をして言った。

「そうだねえ。カンちゃんいつも元気だから、静かになっちゃうね」

「先生、お見舞い行くの？」

「どうしようかなあ」

この保育園では、二日続けて休んだ園児の家には家庭訪問に行くことになっている。

「先生が行ったら、カンちゃん喜んで、病気が治るよ」

雄太君が私の手を引っ張りながら言った。

「そうかなあ」

「そうだよ。だって、カンちゃん、先生のこと大好きだもんね」

真奈美ちゃんがませた口調で言って、卓也君が、

「そうだよねえ」

と、うなずいた。

園児たちの目は幸せだなあ。あかんべえをしていたカンちゃんの顔を思い出して、

私は苦笑した。

　脩平さんとは週に一回会う。カンちゃんとは平日の五日間みっちり会う。だけど、三人で一緒に過ごしたことはなかった。保育園の送り迎えの時は三人が同じ場にいるけど、ものの三分のことだし、保育園の中とそれ以外ではやっぱり違う。カンちゃんはどこまで私たちのことを気づいているだろうか。カンちゃんの前では、ちゃんと先生と保護者でいるつもりだけど、気づかないわけがない気もする。

　そんなことを考えると少し気が重かったけど、スーパーでチョコチップのアイスクリームを購入し、私はお見舞いに向かった。

「来てくれたんだ」

　私の顔を見ると、脩平さんは表情をゆるませた。男の人は病気に慣れていない。私より七歳も年上なのに、なんとも頼りなくていとおしく思える。

「カンちゃんは？」

「寝てる。だいぶ熱は下がったけど」

　脩平さんはアイスクリームを冷凍庫に片付けると、カンちゃんの部屋へと招いてくれた。小さなベッドと大きなくまのぬいぐるみがある青いカーテンの部屋。何度かこの部屋に入ったことはあるけど、カンちゃんがいる時に入るのは初めてだった。

「夕方お袋の家からつれて帰ってきて、それからずっと寝てるんだ」

「何か食べた？」

「昼過ぎにお袋のところで少しりんごを食べたらしいけど」

カンちゃんは静かな寝息を立てていた。熱があるせいか、部屋の中がじっとり暑い。

「少し部屋の空気を入れ替えたほうがいいかもよ」

「ああ、そうだな」

脩平さんは窓をそっと開けた。外から生ぬるい風が入ってくる。

「まだ顔が赤いね」

私はベッドのそばに座り込んでカンちゃんの顔を見つめた。汗をじんわりかいて、額に髪の毛が張り付いている。こんな小さな身体で熱を出すのは、さすがにつらそうだ。

「今はもう落ち着いたけど、朝は三十九度まで上がって焦ってしまった」

脩平さんも私の横に座った。

「小さい子はすぐ熱が出るから、心配しなくて大丈夫だよ」

「お袋もそう言ってたけど、どうも慣れなくてさ」

「まあ、三十九度も出たらびっくりするよね。汗かいてるから、今度目が覚めたら服を着替えさせよう。で、おかゆでも食べたら、きっと元気になるよ」

「ああ、そうだな」

私は、カンちゃんの身体をタオルで丁寧に拭いてやった。眠っているカンちゃんは脩平さんによく似てる。

「お袋はさ、親父が死んでから、テレビの配線つなぐ時とか切れた電球取り替える時とか、男手がないと不便だって嘆いてたけど、女手がないとうろたえることのほうがよっぽど多いよ」

「そんなことないよ。ちゃんとできているじゃない」

「いやいや。今日だって、保育園行く準備させて、朝ごはん急いで食べさせて、なんだか幹一の動きがいつもより遅いとは思ってたんだけど、でも、しんどいだなんて思わなかったんだ。幹一が吐いて、初めて熱があることに気がついたよ」

「そんなの、女親だって一緒だよ」

「そうだろうか」

「そうよ。そんなに塞《ふさ》がないで。これから先、カンちゃんは風邪だっていっぱい引くし、熱だって何度も出る。いちいち落ち込んでたらついていけないよ。今日一日寝たから、明日にはカンちゃん元気になるからさ」

「そうだな」

脩平さんは少し安心したように笑った。

二人でしばらくカンちゃんの寝顔を見ながら、取るに足らないことをぼそぼそと話していたら、カンちゃんが目を覚ました。

「先生が心配して来てくれたんだよ」

脩平さんはカンちゃんの額に手を載せて、そう言った。

「こんばんは。どう？　気分はちょっと良くなった？」

私がそう言うと、カンちゃんはゆったりと私のほうへ顔を向けた。まだ瞼《まぶた》が重そうで、とろんとしているけど、顔色はいい。

「だいぶよさそうだね」

カンちゃんは黙ったまま熱っぽい潤んだ目でじっと私を見つめた。そして、何も言わずくるりと背を向けて、また布団をかぶってしまった。

「幹一、せっかく来てくれたのに。挨拶ぐらいしなさい」

「そんなのいいよ。まだしんどいだろうから」

私は脩平さんがカンちゃんを起こそうとするのを制しながら、カンちゃんの探るような目にどきっとしていた。見透かされたなと思った。私の心のどこかに、カンちゃんの弱ってるところを助けたらなんとかなるんじゃないかなって気持ちがあったこと。カンちゃんが熱を出しているのをチャンスだと思っていたこと。仲良くなれる良い機会だとお見舞いに来たこと。カンちゃんはそんな私の気持ちを察してしまっている。

「ごめんなあ。しつけがなってなくて」

　脩平さんは私を玄関まで見送りながら頭を下げた。

「しつけの問題じゃないよ」

　そうだ。しつけは関係ない。私たちはちょっとカンちゃんを見くびりすぎていたのかもしれない。カンちゃんはきっとずっと前に、私たちのことに勘づいていた。だから、私が自分の部屋にいることに驚きもせず、顔を背けたのだ。

「そうかな」

「そうだよ。カンちゃんは本当は良い子だもん。私の前でだけああなんだよ」

「そんな暗い顔するなよ」

「私、どうしたらいいかわからないんだ。保育士なんかやってるけど、子どもを産んだことないし、子どもの気持ちなんて本当はわかってないんだよ。担任してるくせに、カンちゃんのこと全然わからないんだ」

私はちっともカンちゃんに近づけない自分に、いらいらしていた。つかみどころのないカンちゃんに途方にくれていた。

「そんなの、俺だってわからないよ。俺だって子どもを産んでないもん」

脩平さんは私の頭をそっとなでて、笑った。

「祥子先生も俺も、一応昔は子どもだったんだから、なんとなく子育てできるって。幹一はちょっとややこしいやつだけど」

「そうかな」

「そうだよ。これから先、幹一はたくさんぐれるし、たくさんわがまま言うだろうし。こんなことで落ち込んでたらついていけないよ」

脩平さんはさっきの私の口ぶりを真似てそう言った。

5

今月の学習発表会はお遊戯をすることになっていた。年長組が踊るのは「フルーツサンバ」。踊りながら果物の名前と形が覚えられる優れもののサンバだ。

発表会まで一週間。みんなほぼ完璧に踊れるようになっていたが、カンちゃんは全然覚えようとしなかった。これでは発表会に間に合わない。私は、遊びの時間もカンちゃんにつきっきりで踊りを教えることにした。

「だからさ、手をここでひらひらって揺らしながらくるって回るんだよ。で、さくらんぼのところは」

「ふうん」

カンちゃんは気の抜けた返事しかしない。

「どうしてできないのかなあ」

「だって、つまんないんだもん」

「楽しいよ。フルーツいっぱい出てくるしさ。カンちゃんの好きなメロンも出てくるよ」

「でも、こんな練習ばっかはやだ」

確かに。私もそう思う。

毎月、学習発表会に向けて何かを教え込まなくてはいけない。子どもたちがやりたいかどうかは別にして、一ヶ月で習得させなくてはいけない。子どもたちが気に入りはじめて自然にやりはじめるころには、また、次の発表会に向けて新たなことを覚えさせる。子どもの毎日が、発表会のために費やされているような気もする。

発表する場でもないと目標がなくだらけてしまう、という園長先生の理屈もわかる。発表会を見て安心する親の気持ちもわかる。高い保育園費を払ってもらっているのだから、わかりやすい成果を見せるのは当然かもしれない。

先月、我が年長組の発表は悲惨だった。「あめふりくまのこ」を歌ったのだけど、みんなが二番の歌詞をすっかり飛ばしてしまって、ぼろぼろだった。

園長先生は発表が終わった後、

「やる気がないなら辞めてもらってもいいんですよ」

と、私に告げた。

現場に立っていない園長先生は、朗読やお遊戯ぐらい子どもはたやすくするだろうと思っているけれど、大間違いだ。内容は簡単であったとしても、子どものモチベーションを上げることに四苦八苦する。保育士のやる気なんて関係ない。子どもは生《なま》ものなのだ。いつどうなるか予測がつかない。突然きれいさっぱり忘れたり、やりたくなくなったり、泣き出したりする。毎月発表が成功するほうが奇跡だ。

だけど、「代わりは何人でもいる」という、園長先生の言葉もうなずける。仕事を探している保育士たちはたくさんいる。私には教育論を掲げている暇はない。

「カンちゃん、ほら、もう一回最初から踊ろうよ」

私はもう一度、フルーツサンバの音楽を流した。お迎えを待っている亜由美ちゃんも、

「カンちゃん、がんばれ」

と、言ってくれている。

「どうして、先生はそんなに僕を踊らせるの？」

うんざりした顔でカンちゃんが訊いた。

「だって、カンちゃんだけ踊れないと困るでしょう？」

「別に困らないじゃん」

「困る困る」

「園長先生に怒られるから？」

カンちゃんは、どうだそうだろうっていう顔をした。

「そればっかりじゃないよ」

「ふうん」

カンちゃんは亜由美ちゃんと私に手を引っ張られしぶしぶ踊りはじめた。

発表会当日、目が覚めてすぐ頭がくらくらした。体調が最悪なのだ。緊張からかと

思いきや、熱がある。体温計で測ってみると、三十九度を超えていた。久々の高熱だ。おそるおそる声を出してみると、しわがれた声しか出ない。昨日の夜、なんだか肌寒いと思っていたら、完全に風邪を引いてしまった。カンちゃんの風邪をしっかりもらってしまったのだ。

発表会当日に休むわけにもいかず、だるい身体を引きずって保育園までやってきたものの、どうにもだめだ。身体が重くて思うように動かないし、大きな声も出せない。子どもは保育士の影響をもろに受ける。私がこんなふうでは、子どもたちも動きが鈍る。また、今日の発表会でだめな保育士だと思われるのだろう。頭がぼんやりしているせいで、私はとても投げやりな気持ちになっていた。だいたいフルーツサンバなんてどうでもいい。私が元気だろうと、がんばろうと、カンちゃんはまじめに踊らない。どうやったって、発表会は失敗なのだ。

そんなことをいじいじ考えながら、教室の整理を始めた。園庭では子どもたちが何の緊張もなく、元気に走り回っている。一時間後には、保護者や園長先生の前で踊りを見せないといけないのに気楽なものだ。子どもたちの元気な声をうらやましく聞きながら、踊りに使うオレンジやピンクのリボンを床に並べていると、

「なあ、先生」

と、園庭で遊んでいたはずのカンちゃんが、私の背中をたたいた。

「何？」

踊りなんか踊らないからなと宣言でもしにきたのだろう。私は痛む頭を手で押さえながら顔を上げた。

「デートしよう」

「何それ？」

「お父さんと、先生と、僕とで、かぶと山公園に行くんだ」

「へ？」

カンちゃんの言っていることがさっぱりわからず、私は顔をしかめた。

「だから、今日のお遊戯がうまくいったら、三人でかぶと山公園に行こう」

カンちゃんは丁寧に言いなおしてくれたけど、それでも意味がわからなかった。熱っぽいせいもあるけど、カンちゃんがどうしてそういうことを言うのか、わからなかった。

「カンちゃんの言ってること、本気でわからないんだけどな」

「三人で遊びに行こうって言ってるの。今日のお遊戯できたら」

「はあ……」

「先生、お父さんと僕とでお出かけしたくないの？」

カンちゃんは不思議そうな顔をした。

お父さんと僕とで……。

カンちゃんは私たちのことを知っているのだ。すべてわかっているのだ。いったい、いつからカンちゃんは知っていたのだろう。そう考えて、私は脩平さんと出会ったころのカンちゃんを思い出した。

次々にせっせといたずらをしでかしたカンちゃん。脩平さんがいかに素敵なお父さんか自慢ばかりしていたカンちゃん。私を探るような、試すような質問。

もしかしたら、私たちはそれぞれ自分たちのやり方で、戸惑いながら進めていたのかもしれない。

でも、どうして今こんなふうに物事が運んでいるのか。これは喜ぶべき事態なのか。熱っぽい頭ではうまく考えられなかった。とにかく、今日の発表会は投げやりになっちゃいけないってこと。それだけだ。

年少組の発表が終わり、保護者や園長先生が年長組の教室に入ってきた。平日だから脩平さんはいない。

「今日は、僕たち、私たちの発表を見に来てくれて、ありがとうございます。一生懸命踊りますので、見てください」

子どもたちのたどたどしい挨拶にぱらぱらと拍手が送られる。私は子どもたちに「さあ、がんばれ」と、笑顔で合図を送ってから、フルーツサンバのCDを流した。

双子のかわいいさくらんぼ。真っ赤に照れてるりんごさん。そして私はかわいいピーチ。サンバサンバフルーツサンバ。みんな仲良しフルーツサンバ。オレ！

子どもたちの踊りはなかなか良かった。お母さんが来てる雄太君ははりきって指さきまでしっかり伸ばして踊っていたし、真奈美ちゃんや亜由美ちゃんが時々歌を口ずさむのもかわいかった。何よりもみんな楽しそうに踊ってくれた。カンちゃんも練習の成果か、周りの子どもの踊りを盗み見ながらそれなりに踊っていた。ついでに退場する時には、方向を間違えて一人で右側に歩いていき、みんなの笑いまで誘ってくれた。

「やった！　うまくいったね！」

カンちゃんは保護者や園長先生を見送った私に、興奮気味に言った。

「え？　だめだったじゃん」

「うそ?」

「うそじゃないよ。カンちゃん最後歩いていくところ、違ってたよ」

「なんだよお。公園行きたくないの?」

「うん。行かない」

「ほんとに?」

カンちゃんは目を丸くして私の顔を眺めた。

「ま、焦らなくても、チャンスは来月にもあるから。次はお話発表会だしね」

「みんなで物語覚えて話すやつ?」

「そう」

「僕、あれ一番嫌い」

「そうだったね。でも、成功したらみんなでかぶと山公園に行こうよ」

「えー」

カンちゃんは大げさに頭を抱えてみせた。

「大丈夫だよ。カンちゃん、今日の踊りだってすごくよかったもん。次はもっとじょうずにできるよ」

「本当かなあ」

「本当本当」

フルーツサンバの次は、物語。これから私とカンちゃんで乗り切らないといけないことは、いっぱいある。でもその先には、デート。楽しいことが待っている。

解　説

吉田伸子

あぁ、何て上質な薬膳スープなんだろう！　瀬尾さんの物語を読むと、いつもそう思う。

薬膳というのは、読んで字の如《ごと》し。漢方薬の材料――枸杞《くこ》やら甘草《かんぞう》やら朝鮮人参やらetc――を用いた料理のことで、医食同源というか、食養生の一つである。中国には、病従口入＝病は口から入る、ということわざがあるのだけど、健康だって口から入るのである。

見た目はシンプルで、立ち上がって来る香りには漢方薬の匂い。けれど、ふぅふぅしながら口にした途端、じわぁ～～っと身体に沁《し》みてくる。それが薬膳スープで、体調が良い時はもちろんだけど、ちょっと弱っている時や、体調が今イチな時、病み上がりなんかに口にすると、何かこう、細胞がふるふると喜ぶような、そんな感じさえするのだ。飲み終えた後は、心身ともにほかほかと温まり、思わずほぉ～～っと声が出そうになる。薬膳スープとは、そんなスープだ。

瀬尾さんの物語も同様で、いつも、いつでも、読むと心にすぅ〜っと沁みて来る。胸の奥にぽっとあかりが灯《とも》ったようになる。どんな時でも、読み手をすっぽりと包み込んでくれる。ふかふかの綿入れに包まれた時のような、あたたかさと安心を与えてくれるのだ。

その綿入れは、ちょっと見は地味でさえある。派手な色遣いとはほど遠い、むしろ素朴でさえあるような。きらびやかな友禅ではなく、さりげない江戸小紋のような。けれど、包まれた人が、その中でほおっと息をつけたり、こっそり泣けるような、そして、一度包まれたら、二度と手放せなくなるような、そんな特別な綿入れだ。上質な薬膳スープが、一度飲んだら、その味が忘れられなくなるように。

本書は、そのタイトルにあるように、「デート」を共通のテーマにして描かれた五編からなる短編集だ。デートとはいっても、いわゆる彼氏、彼女とのデートではない(最後の一編、「デートまでの道のり」は、彼氏、彼女に該当するけれど、デートまでの、というタイトルからも分かるように、デートそのものではなくて、主眼は別のところにある)。

表題作でもある「おしまいのデート」で描かれるのは、祖父と孫のデートだ。彗子《すいこ》とじいちゃん、二人がどうして「デート」をするようになったのかといえば、彗子の両親が離婚したためだ。離婚後、母親に引き取られた彗子は、最初は父親と会っていたのだが、父親の再婚を機に、父親ではなく、父方の祖父と会うようになったのだ。何でじいちゃんと？　と思わないでもなかった彗子だが、じいちゃんとは仲が良かったし、じいちゃんにとっても、自分と会うことは気分転換になるだろうと思ったからだ。

そのじいちゃんとの、「おしまいのデート」を描いたこの一編は、本書全体のトーンをよく表している物語でもある。待ち合せには必ず遅れて来るじいちゃん。会うたびに、今日はどこに行こうか？　と一応は彗子の意向を尋ねはするものの、結局は「海がよく見える岬か、ブナが立ち並ぶ山道か、小さな動物園が合体した植物園」の三つのローテーションしかないじいちゃん。会うたびにソフトクリームを奢《おご》ってくれるのだけど、何故かいつも彗子の嫌いなミックスを買ってしまうじいちゃん。ビートルズを歌っても、演歌になってしまうじいちゃん。

読んでいるうちに、彗子のじいちゃんのキュートさに、ころっとやられてしまう。小四で両親の離婚を経験しているせいか、ちょっとクールな中三の彗子と、茶目っ気たっぷりの七十近いじいちゃん。二人のデートが「おしまい」になる理由は、本書を読んでみてください。物語の途中に出て来るじいちゃんの言葉、「ごまかせる程度のことだったらいいじゃないか。たいして問題はないってこと」。これが、いいんだなぁ、凄《すご》く。終わりのほうに出て来る、「生きてればどんなことにも次はある」というじいちゃんの言葉を初めて読んだ時、思いも寄らず、強くこみ上げて来るものがあって、自分で自分にびっくりしたことを憶えている。

高校時代の社会の教師・上田ことと上じいと、教え子である三好こと〝俺〟のデートを描いた「ランクアップ丼」は、とにかく無性に玉子丼が食べたくなる一編だ。

上じいのクラスの山根と喧嘩して、顔面を殴り、担任からこってり油を絞られた〝俺〟に、いきなり「飯を食おう」と誘って来た上じい。高三の夏のその日から卒業するまで、ちょくちょく上じいと玉子丼を食べるようになり、やがて、〝俺〟が就職して二度目のお給料をもらった日から、今度は〝俺〟が上じいに玉子丼をごちそうするようになる。

シングルマザーの母から、半ば放置状態で育てられ、自分でも気づかないうちに、いつしか溜め込んでいた〝俺〟の鬱屈を、ただただ、一緒に玉子丼を食べ、とりとめのない話をすることで、ゆっくりと取り払ってくれた上じい。誰かに寄り添うというのはどういうことなのか。そして、寄り添ってくれる誰かがいるということが、どんなに幸せなことなのか。ほんの短い物語なのに、伝わって来ることは深い。そして、あたたかい。

「ファーストラブ」は、何と高校生男子どうし！　のデート。主人公の広田が、同じクラスの宝田から突然デートに誘われる。物語はそのデートの日を中心に描かれているのだが、男子からのデートの申し込みに、もしや、と広田がどぎまぎするシーンは微笑《ほほえ》ましくて可愛らしいし、そもそも、宝田が広田を誘った理由というのが、胸キュンもの！

そのデートのために、宝田が持って来たお弁当というのが、これまた胸キュン。大きなタッパー二つには、宝田手製のおにぎりとおかず。おにぎりは「海苔を巻いたもの、ゴマがついたもの、とろろ昆布をかぶせたものなど、いろんな種類のおにぎりが大量に入っていて」、おかずのほうには「卵焼きにミートボールにコロッケ」がぎっしり。

あのですね、おにぎりって、愛なんですよ、愛。きゅっ、きゅっ、と一つ一つ握られた、愛。それは、惚《ほ》れたはれたの愛じゃなくって、もっとこう、大きな愛なんです。自分のために作る場合もそうだし、誰かのために作る場合も、そう。たかがおにぎり、されどおにぎり。宝田が料理上手なのには（多分）理由があるのだろうけど、瀬尾さんはあえてそこを描かない。そういう優しさが、読んでいてすごく心地いい。「ドッグシェア」は、公園に捨てられた犬を真ん中にした、三十二歳バツイチOLと中華料理屋さんでバイトをする大学生男子との、「デートまでの道のり」は、保育士の祥子と、園児の幹一、シングルファーザーである幹一の父、脩平との物語だ。どちらも、読んでいるうちに、心の凝りがほぐれて来る。

そして、何よりも本書がいいのは、タイトルになっている「おしまい」という言葉を、いわゆる「最後」の意味で使っていないこと、だ。ぷつん、とそこで断ち切られてしまう最後、終わりではなくて、ちょっとここで中休みね、という感じの、「おしまい」なのだ。だから、次に続いていくし、続いて行く予感を感じさせる。新しく踏み出すために、もうちょっと先へと進むために、そのための、一区切り。そこが本当にいい。

だから、もしかしたら、悲しい本を読みたくて、タイトルだけで本書を手にとった人には、ごめんさい、本書は期待はずれかもしれない（悲しい本を読みたい時って、あるんですよ。手酷《てひど》い失恋をした時とか、世界で自分だけ置いてけぼりにされてるような気がする時とか。自分より、もっと悲しい人の物語を読みたくなるんです。少なくとも、私はそうです。どツボにハマッた時は、明るい本には手が伸びない）。

でも、逆に言えば、そういう人にこそ、本書を読んでもらいたい、と思う。本書を読んで、自分で自分に優しくして欲しい。自分で自分を労《いたわ》ってあげて欲しい。今のあなたは、新しいあなたになるための一時の「おしまい」なのだ、と。だから、大丈夫。瀬尾さん特製の、とびっきりの薬膳スープ、悲しい人はもちろんのこと、そうじゃない人も、冷めないうちに、さぁ、どうぞ、召し上がれ！

（よしだ・のぶこ　文芸評論家）

初出誌「小説すばる」
おしまいのデート　二〇〇三年十月号
ランクアップ丼　二〇〇五年一月号
ファーストラブ　二〇〇五年四月号
ドッグシェア　二〇〇五年十月号
デートまでの道のり　二〇〇五年七月号

この作品は二〇一一年一月、集英社より刊行されました。

集英社文庫　目録（日本文学）

下重暁子　「ふたり暮らし」を楽しむ　不良老年のすすめ
下川香苗　はつこい
朱川湊人　水銀虫
朱川湊人　鏡の偽乙女　薄紅《うすくれない》雪華《せっか》紋様《もんよう》
庄司圭太　地獄沢　観相師南龍覚え書き
庄司圭太　孤剣　観相師南龍覚え書き
庄司圭太　謀殺の矢　花奉行幻之介始末
庄司圭太　闇の鴆毒《ちんどく》　花奉行幻之介始末
庄司圭太　逢魔《おうま》の刻《とき》　花奉行幻之介始末
庄司圭太　修羅の風　花奉行幻之介始末
庄司圭太　暗闇坂　花奉行幻之介始末
庄司圭太　獄門花暦《ごくもんはなごよみ》　花奉行幻之介始末
庄司圭太　火札　十次郎江戸陰働き
庄司圭太　紅毛　十次郎江戸陰働き
庄司圭太　死神記　十次郎江戸陰働き
庄司圭太　斬《ざん》奸《かん》ノ剣

庄司圭太　斬《ざん》奸《かん》ノ剣　其ノ二
庄司圭太　斬《ざん》奸《かん》ノ剣　終撃
小路幸也　東京バンドワゴン
小路幸也　シー・ラブズ・ユー　東京バンドワゴン
小路幸也　スタンド・バイ・ミー　東京バンドワゴン
小路幸也　マイ・ブルー・ヘブン　東京バンドワゴン
小路幸也　オール・マイ・ラビング　東京バンドワゴン
小路幸也　オブ・ラ・ディ　オブ・ラ・ダ　東京バンドワゴン
小路幸也　レディ・マドンナ　東京バンドワゴン
城島明彦　新版　ソニーを踏み台にした男たち
城島明彦　新版　ソニー燃ゆ
白石一郎　南海放浪記
白河三兎　私を知らないで
白河三兎　もしもし、還る。
白澤卓二　100歳までずっと若く生きる食べ方
城山三郎　臨3311に乗れ

辛永清　安閑園の食卓　私の台南物語
新宮正春　陰の絵図(上)(下)
新宮正春　島原軍記　海鳴りの城(上)(下)
辛酸なめ子　消費セラピー
真保裕一　ボーダーライン
真保裕一　誘拐の果実(上)(下)
真保裕一　エーゲ海の頂に立つ
水晶玉子　自分がわかる、他人がわかる　昆虫＆花占い
周防正行　シコふんじゃった。
杉本苑子　春日局
瀬尾まいこ　おしまいのデート
瀬川貴次　波に舞ふ舞ふ　平清盛
瀬川貴次　ばけもの好む中将　平安不思議めぐり
瀬川貴次　闇に歌えば　文化庁特殊文化財課事件ファイル
瀬川貴次　ばけもの好む中将　弐　姑獲鳥《うぶめ》と牛鬼
関川夏央　昭和時代回想

集英社文庫　目録（日本文学）

関川夏央　石ころだって役に立つ
関川夏央　新装版　ソウルの練習問題
関川夏央　「世界」とはいやなものである　東アジア現代史の旅
関川夏央　現代短歌そのこころみ
関川夏央　女　流　林芙美子と有吉佐和子
関川夏央　おじさんはなぜ時代小説が好きか
関口　尚　プリズムの夏
関口　尚　君に舞い降りる白
関口　尚　空をつかむまで
関口　尚　ナツイロ
関口　尚　はとの神様
瀬戸内寂聴　ひとりでも生きられる
瀬戸内寂聴　私　小　説
瀬戸内寂聴　女人源氏物語　全5巻
瀬戸内寂聴　あきらめない人生
瀬戸内寂聴　愛のまわりに

瀬戸内寂聴　寂聴　生きる知恵
瀬戸内寂聴　いま、愛と自由を
瀬戸内寂聴　一筋の道
瀬戸内寂聴　寂庵浄福
瀬戸内寂聴　寂　聴　巡　礼
瀬戸内寂聴　晴美と寂聴のすべて1（一九二二～一九七五年）
瀬戸内寂聴　晴美と寂聴のすべて2（一九七六～一九九八年）
瀬戸内寂聴　わたしの源氏物語
瀬戸内寂聴　寂聴源氏塾
瀬戸内寂聴　寂聴仏教塾
瀬戸内寂聴　まだもっと、もっと　晴美と寂聴のすべて・続
瀬戸内寂聴　わたしの蜻蛉日記
瀬戸内寂聴　寂聴辻説法
曽野綾子　アラブのこころ
曽野綾子　人びとの中の私
曽野綾子　辛うじて「私」である日々

曽野綾子　狂王ヘロデ
曽野綾子　観　月　観　世　或る世紀末の物語
デビッド・ゾペティ　いちげんさん
平安寿子　恋　愛　嫌　い
平安寿子　風に顔をあげて
髙樹のぶ子　ゆめぐに影法師
高　倉　健　あなたに褒《ほ》められたくて
高　倉　健　南極のペンギン
高嶋哲夫　トルーマン・レター
高嶋哲夫　M8《エムエイト》
高嶋哲夫　TSUNAMI 津波
高嶋哲夫　原発クライシス
高嶋哲夫　東京大洪水
高嶋哲夫　震災キャラバン
高嶋哲夫　いじめへの反旗
高　杉　良　管理職降格

集英社文庫　目録（日本文学）

高杉良　小説 会社再建
高杉良　欲望産業(上)(下)
高野秀行　幻獣ムベンベを追え
高野秀行　巨流アマゾンを遡《さかのぼ》れ
高野秀行　ワセダ三畳青春記
高野秀行　怪しいシンドバッド
高野秀行　異国トーキョー漂流記
高野秀行　ミャンマーの柳生一族
高野秀行　アヘン王国潜入記
高野秀行　怪魚ウモッカ格闘記 インドへの道
高野秀行　神に頼って走れ！ 自転車爆走日本南下旅日記
高野秀行　アジア新聞屋台村
高野秀行　腰痛探検家
高野秀行　辺境中毒！
高野秀行　世にも奇妙なマラソン大会
髙橋治　冬の炎(上)(下)

高橋一清　編集者魂 私の出会った芥川賞・直木賞作家たち
高橋克彦　完四郎広目手控
高橋克彦　天狗殺し 完四郎広目手控II
高橋克彦　いじん幽霊 完四郎広目手控III
高橋克彦　文明怪化 完四郎広目手控IV
高橋源一郎　あ・だ・る・と
高橋源一郎　ミヤザワケンジ・グレーテストヒッツ
高橋源一郎　競馬漂流記 では、また、世界のどこかの観客席で
高橋千劔破　江戸の旅人 大名から逃亡者まで30人の旅
高橋三千綱　霊感淑女
高橋三千綱　空の剣 男谷精一郎の孤独
高橋義夫　佐々木小次郎
高見澤たか子　「終の住みか」のつくり方
高村光太郎　レモン哀歌—高村光太郎詩集
竹内真　粗《そ》忽《こつ》拳《けん》銃《じゅう》
竹内真　カレーライフ

武田鉄矢　母に捧げるバラード
武田鉄矢　母に捧げるラストバラード
武田晴人　談合の経済学
竹田真砂子　牛《うし》込《ごめ》御《ご》門《もん》余《よ》時《じ》
竹田真砂子　あとより恋の責めくれば 御家人大田南畝
竹西寛子　蘭 竹西寛子自選短篇集
嶽本野ばら　エミリー
嶽本野ばら　十四歳の遠距離恋愛
多湖輝　四十過ぎたら「頭が固くなる」はウソ
太宰治　人間失格
太宰治　走れメロス
太宰治　斜陽
多田富雄・柳澤桂子　露の身ながら 往復書簡 いのちへの対話
多田富雄　寡黙なる巨人
多田富雄　春楡の木陰で
多田容子　柳生平定記

集英社文庫　目録（日本文学）

多田容子　諸刃の燕
伊達一行　妖言集
田中慎弥　共喰い
田中啓文　異形《いぎょう》家の食卓
田中啓文　ハナシがちがう！ 笑酔亭梅寿謎解噺
田中啓文　ハナシにならん！ 笑酔亭梅寿謎解噺2
田中啓文　ハナシがはずむ！ 笑酔亭梅寿謎解噺3
田中啓文　ハナシがうごく！ 笑酔亭梅寿謎解噺4
田中啓文　茶坊主漫遊記
田中啓文　鍋奉行犯科帳
田中啓文　鍋奉行犯科帳 道頓堀の大ダコ
田中啓文　ハナシはつきぬ！ 笑酔亭梅寿謎解噺5
田中啓文　鍋奉行犯科帳 浪花《なにわ》の太《たい》公《こう》望《ぼう》
田辺聖子　オムライスはお好き？
田辺聖子　花衣ぬぐやまつわる…(上)(下)
田辺聖子・工藤直子　古典の森へ 田辺聖子の誘う

田辺聖子　夢渦巻
田辺聖子　鏡をみてはいけません
田辺聖子　楽老抄 ゆめのしずく
田辺聖子　セピア色の映画館
田辺聖子　姥ざかり花の旅笠 小田宅子の「東路日記」
田辺聖子　夢の櫂こぎ どんぶらこ
田辺聖子　愛を謳《うた》う
田辺聖子　あめんぼに夕立 楽老抄Ⅱ
田辺聖子　愛してよろしいですか？
田辺聖子　九時まで待って
田辺聖子　風をください
田辺聖子　ベッドの思惑
田辺聖子　春のめざめは紫の巻 新・私本源氏
田辺聖子　恋のからたち垣の巻 異本源氏物語
田辺聖子　ふわふわ玉人生 楽老抄Ⅲ
田辺聖子　恋にあっぷあっぷ

田辺聖子　返事はあした
田辺聖子　お気に入りの孤独
田辺聖子　お目にかかれて満足です(上)(下)
田辺聖子　そのときはそのとき 楽老抄Ⅳ
田辺聖子　われにやさしき人多かりき わたしの文学人生
谷甲州　白き嶺の男
谷甲州　背筋が冷たくなる話
谷瑞恵　思い出のとき修理します
谷瑞恵　思い出のとき修理します2 明日を動かす歯車
谷川俊太郎　わらべうた
谷川俊太郎　これが私の優しさです 谷川俊太郎詩集
谷川俊太郎　ONCE —ワンス—
谷川俊太郎　谷川俊太郎詩選集 1
谷川俊太郎　谷川俊太郎詩選集 2
谷川俊太郎　谷川俊太郎詩選集 3
谷川俊太郎　二十億光年の孤独

集英社文庫　目録（日本文学）

集英社文庫

おしまいのデート

2014年5月25日　第1刷
2014年6月7日　第2刷

定価はカバーに表示してあります。

著　者　瀬尾《せお》まいこ

発行者　加藤　潤

発行所　株式会社　集英社
東京都千代田区一ツ橋2-5-10　〒101-8050
電話　03-3230-6095（編集部）
03-3230-6393（販売部）
03-3230-6080（読者係）

印　刷　凸版印刷株式会社

製　本　凸版印刷株式会社

フォーマットデザイン　アリヤマデザインストア　　マークデザイン　居山浩二

ISBN978-4-08-745188-7 C0193